当代著名作家及学者年谱系列

林建法 主编

施蛰存文学著译年谱

赵凌河 ◎ 著

华东师范大学出版社

施蛰存
1980 年在北京

1985年摄于上海寓所

赵凌河与施蛰存
1996年2月摄于施蛰存家中

施蛰存著作书影

岑寂的夜坐,灯昏茗冷,
遂有那白石上的潺湲,
载着比肩人之幽叹
向丛莽间拍浮而逝。

百里,千里,万里,
百年,千年,万年,
挨过了修阻的贫辛行旅
与悠久的艰难的岁月,
昔日的可怜人,将在这里
觅取灵魂之息壤吗?

节选自施蛰存:《秋夜之檐溜》(刊于《现代》
1932年11月2卷1期)

序言

记得三十年以前,我刚入复旦大学中文系读书的时候,章培恒先生出版了他的第一部著作《洪昇年谱》,受到学界高度好评。直至今天,我在百度上搜索书名,还会跳出这样的评价:"该书不仅首次全面细致地胪列了谱主的家世背景、个人遭际、思想著述、亲友关系等,还就洪氏'家难'、洪昇对清廷的态度以及演《长生殿》之祸等诸多有争议的问题提出了一系列独到见解,将洪昇生平及其剧作研究推进了一大步。"依我看,编制年谱,功在三个方面:一是详细考订谱主家世背景、个人遭际、思想著述、亲友关系等史料;二是对于谱主经历的历史事件的深入探究;三是对其人其书的整体研究的推进。那时我在学校里接受的教育是,年谱编撰是最花时间最吃功夫,同时也是最具有学术价值的一种治学方法。研究者在学术上的真知灼见被不动声色地编织在资料选择和铺陈中,而不像有些学术明星,凭着胆子大就可以胡说八道。后来章先生指导研究生研究古代文学,也是先从研究作家着手,而研究作家先要从编撰年谱着手,于是就有了一套题为《新编明人年谱丛刊》的年谱系列,这套书至今仍是我最珍爱的藏书之一。

章培恒先生的导师蒋天枢先生,曾在清华研究院国学门受过陈寅恪、梁启超等名师指点,蒋先生晚年,受陈寅恪先生的嘱托,放下自己的许多著述不做,集中精力整理恩师的遗著。一套书干干净净地出版了,最后一本是蒋先生编订的《陈寅恪先生编年事辑》,用年谱形式,把陈先生一生的著述活动都保存下来,没有一句花里胡哨的空洞之言。后来缪托陈先生知己的学人名流有的是,却没有一个在陈先生受到困厄之苦时候"独来南海吊残秋"的。这些流传在复旦校园里的故事,既告诉我们如何做学问,也告诉我们如何做一个知识分子。

倒也不是说,做年谱就是有真学问,谈理论就不是真学问。章先生后来也是从史料考辨走出来,偏重学理史识,成为一位被人敬重的文史大家。但是我们从蒋先生到章先生再到章门弟子的传承中可以看到,编制编年事辑(年谱)成为他们学术训练的一个基本方法。古代文学研究如此,现代文学研究也是如此。我早年追随贾植芳先生研究中外文学关系,先生首先就指示我从搜集的大量资料中编撰一份"外来思潮、流派和理论在中国现代文学史上的影响"的大事年表,罗列西方诸思潮流派在中国传播影响的编年记录;这份年表有六万多字,把这一时期中外文学交流关系的来龙去脉基本上都弄清楚了。后来我写作《中国新文学整体观》里使用的材料观点,基本上得益于这份大事年表。所以我一直坚持这样的想法,培养研究生治学研究,从作家研究,或者具体问题研究起步,收集资料,编撰年谱或者编年事辑,是最好的训练方法。研究者的研究方法、学术观点,都由此而生;为后来者的研究,也提供了一份绕不过去的研究成果。

可惜这种扎实的学术风气,到了20世纪90年代以后,在高校的研究生培养中渐渐式微,一些似是而非、华而不实的流行理论、外来术语、教条形式都开始泛滥,搞乱了青年学子的求知心路,也破坏了良好求实的学风。现当代文学研究领域尤其严重。今林建法先生受聘于常熟理工学院,担纲校特聘教授与《东吴学术》执行主编。林先生从事文学编辑三十余年,对于学界时弊看得清清楚楚,他首倡编撰当代作家学者年谱,为当代文学研究提供一份作家学者的年谱资料,也为学科发展提供信史。我赞成他的提倡,这个建议不仅有利于当代文学学科基础的夯实,也为研究生的学术训练、学风培养开拓了一条有效的道路。

《东吴学术》年谱丛书(当代著名作家及学者年谱系列)由华东师范大学出版社出版,这是一个良好的开端,我希望这套丛书在林建法先生的主持下能够坚持若干年,不断开拓选题,为当代文学研究奠定坚实的基础。

     2014年4月19日写于鱼焦了斋
     2017年4月修订

目录

序言 / 1

一、松江记忆与"文学事业之始"(1905年—1925年) / 1

1905年　出生 / 3
1909年—1911年　四岁到六岁 / 4
1912年　七岁 / 5
1913年　八岁 / 5
1917年　十二岁 / 9
1919年　十四岁 / 9
1920年　十五岁 / 10
1921年　十六岁 / 11
1922年　十七岁 / 11
1923年　十八岁 / 13
1924年　十九岁 / 14
1925年　二十岁 / 14

二、"三个书店"与"科学的艺术论丛书"(1926年—1929年) / 21

1926年　二十一岁 / 23
1927年　二十二岁 / 23

1928年　二十三岁 / 25
1929年　二十四岁 / 27

三、《上元灯》与"第一本"小说创作(1929年) / 43

四、《将军的头》与"创作的新蹊径"(1930年—1931年) / 51
1930年　二十五岁 / 53
1931年　二十六岁 / 54

五、《现代》杂志与"现代派"(1932年—1934年) / 63
1932年　二十七岁 / 65
1933年　二十八岁 / 66
1934年　二十九岁 / 67

六、"文艺上自由主义"与"洋场恶少"(1933年) / 89

七、《梅雨之夕》《善女人行品》与"中国现代小说的先驱"(1933年) / 109

八、《文饭小品》与编辑活动的"开径独行"(1935年) / 125
1935年　三十岁 / 127

九、《小珍集》与"灵魂之息壤"(1936年) / 137
1936年　三十一岁 / 139

十、《灯下集》与"适性任情"的散文(1937年—1940年) / 145
1937年　三十二岁 / 147

1938年　三十三岁 / 151

1939年　三十四岁 / 153

1940年　三十五岁 / 153

十一、《妇心三部曲》与施尼茨勒作品的译介（1941年）/ 159

1941年　三十六岁 / 161

十二、《文学之贫困》与"纯文学"的态度（1942年—1945年）/ 171

1942年　三十七岁 / 173

1943年　三十八岁 / 174

1944年　三十九岁 / 175

1945年　四十岁 / 175

十三、《待旦录》与"关于文艺的一些小意见"（1946年—1947年）/ 181

1946年　四十一岁 / 183

1947年　四十二岁 / 185

十四、"西窗"与西学东渐的努力（1948年—1956年）/ 193

1948年　四十三岁 / 195

1949年　四十四岁 / 196

1950年　四十五岁 / 196

1951年　四十六岁 / 197

1952年　四十七岁 / 198

1953年　四十八岁 / 199

1954年　四十九岁 / 200

1955年　五十岁 / 200

1956年　五十一岁 / 201

十五、《才与德》与"元祐党人"（1957年—1961年）/ 213

1957年　五十二岁 / 215

1958年 五十三岁 / 215
1959年 五十四岁 / 216
1960年 五十五岁 / 217
1961年 五十六岁 / 217

十六、金石碑版与"北窗"的兴趣（1962年—1977年）/ 223

1962年 五十七岁 / 225
1963年 五十八岁 / 225
1964年 五十九岁 / 227
1965年 六十岁 / 229
1966年 六十一岁 / 231
1967年 六十二岁 / 232
1968年 六十三岁 / 233
1969年 六十四岁 / 233
1970年 六十五岁 / 234
1971年 六十六岁 / 234
1972年 六十七岁 / 235
1973年 六十八岁 / 235

1974年 六十九岁 / 236
1975年 七十岁 / 237
1976年 七十一岁 / 238
1977年 七十二岁 / 239

十七、"又弄起笔头来"的随笔小品（1978年—1980年）/ 247

1978年 七十三岁 / 249
1979年 七十四岁 / 249
1980年 七十五岁 / 251

十八、《词学》的"继往开来"（1981年）/ 255

1981年 七十六岁 / 257

十九、"更生"与资深翻译家（1982年—1985年）/ 269

1982年 七十七岁 / 271

1983年　七十八岁 / 275
1984年　七十九岁 / 277
1985年　八十岁 / 279

二十、"教书匠"退休与"怀旧"的"百花洲文库"(1986年) / 283
1986年　八十一岁 / 285

二十一、《唐诗百话》与"东窗"的研究(1987年—1988年) / 293
1987年　八十二岁 / 295
1988年　八十三岁 / 297

二十二、《戴望舒诗全编》与亲密朋友的"职责"(1989年) / 307
1989年　八十四岁 / 309

二十三、"杰出贡献奖"与旧作的"百废俱兴"(1990年—1993年) / 321
1990年　八十五岁 / 323
1991年　八十六岁 / 325
1992年　八十七岁 / 327
1993年　八十八岁 / 328

二十四、《文艺百话》与文论的"里程碑"(1994年) / 337
1994年　八十九岁 / 339

二十五、《沙上的脚迹》与过去生活的"回忆"(1995年—2003年) / 345
1995年　九十岁 / 347
1996年　九十一岁 / 348
1997年　九十二岁 / 349
1998年　九十三岁 / 350

1999年　九十四岁 / 351　　2003年　九十八岁 / 354
2000年　九十五岁 / 352
2001年　九十六岁 / 353　　后记 / 361
2002年　九十七岁 / 354

松江记忆与"文学事业之始"

(1905年—1925年)

施蛰存,学名施德普,字蛰存,名舍。曾用笔名青萍、施青萍,"青萍"是投稿旧文学刊物时用的笔名,1928年后不再使用。笔名还有安华、安簃、刍尼、苹华室、蛰庵、蛰存、惜慧、薛慧、李万鹤、万鹤、柳安、樊温、萧琅、陈蔚、曾敏达、北山、仲山、舍之、舍翁,等。

施蛰存的童年情趣和家乡记忆都始于松江。1919年的五四新文化运动孕育了施蛰存的文学情怀和"一生文学事业之始"。[①]

[①] 施蛰存:《浮生杂咏·三十》,《沙上的脚迹》,沈阳:辽宁教育出版社1995年版,第200—201页。

1905 年　出生

是年 12 月 3 日(清光绪三十一年乙巳十一月初五),施蛰存生于浙江省杭州。水亭址的学宫旁,西向的三间陋室老屋中,童年生活的嬉戏情趣,在施蛰存的生命记忆中永远散发着美丽的光彩:"水亭余址傍宫墙,古屋三间对夕阳。总角生涯犹在眼,泥猫蜡凤满匡床。"①

父亲施亦政,字次于,为浙江省仁和县秀才,曾与马叙伦、黄郛同窗,视为知交。因科举考试的罢黜,失去进身之阶。同时家道孤贫,未能进入大学堂,遂以佣书授徒谋生。后因其文字、书法见知于苏州两江优级师范学堂监督陆公勉侪,受聘于两江优级师范学堂,司文牍,兼掌藏书。

---

① 施蛰存:《浮生杂咏·一》,《沙上的脚迹》,沈阳:辽宁教育出版社 1995 年版,第 190 页。

1909年—1911年 四岁到六岁

1909年,随父母迁居苏州。

1910年元宵节过后,父亲为五岁的施蛰存举行"开蒙之礼"仪式。堂中铺红毯,烧红烛一对,先拜至圣先师神位,后教读"天地君亲师"三遍。第二天早晨,即到邻家徐氏家塾,始读《千字文》。放学后,与小朋友群集巷中嬉戏。其时,常有小商贩前来,挑着系有一串马铃的担子,行走时马铃声响起,谓之马铃担。儿童们蜂拥趋之,购买食物或玩具,尽享五香豆、盐金花菜、粽子糖、霜梅等美味和童趣。上元、中元时节,去虎丘看迎神赛会,看神的威灵可畏,也看美女"好娘娘"。闲暇时候,随父母游灵岩,始知西施故事;游寒山寺,父亲教以壁间石刻张继诗,始读唐诗。

辛亥革命后,两江优级师范学堂改组,旧人悉被辞退,父亲便失职闲居。

1912年 七岁

父亲旧主陆公勉倚在松江创办织袜厂,父亲应约去织袜厂"主其事",从此执业工商界。

1913年 八岁

全家移居松江,初始赁居府桥南金氏宅,有矮屋三间。

是年入松江县第三小学。开始阅读父亲书箱中所藏书籍,如《白香词谱》、《草堂诗余》等,并且学习填词,始知造句之美。

每天晚上,母亲在窗前做缝纫,施蛰存在旁边读书。母亲的机声,父亲的算盘声,施蛰存的读书声和妹妹们的嬉笑声,互为应合。施蛰存回忆:父亲并没有放弃诗书,并有十二只旧式书箱,里面贮藏着试帖八股、小说笔记、四书五经及唐宋八家文集等,"我从书箱中捡出一些不甚熟悉的古书来,不管懂得不懂得,摹仿他的声调,琅琅然诵读起来,这是我一生爱好国文学的开始。……十馀年来,我已养成了一个爱书之癖,每有馀资,辄以买书"。①

施蛰存自言:"一九〇五年冬,生于杭州,随父母旅食苏州。辛亥革命后,又迁居松江,一住三十年,遂为松江人。"②施蛰存的家乡记忆和家乡情思都始于松江,其家自曾祖以来,百年家世惯萍浮,漂泊浪迹已三世矣。虽然每次填写表格时,籍贯一栏都是写杭州,但总有些惭愧。实际上,施家自1913年迁居松江后才算定居下来,此后居住在松江约二十多年。在施蛰存的情感记忆中,也确把松江看作自己的故乡,除此之外的其他地方都是"旅食"、"寓居"。松江的美丽山水及其悠久的历史文化滋养了童年和青少年时代的施蛰存,孕育了他的文学情怀,培植了他心灵深处儒雅、恬淡的审美理想和清新、智性的诗情诗意。他回忆:松江城西有白龙潭,是明清以来的邑中胜地,红粟十亩,碧水一潭,画舫笙歌,出没其间。明末

---

① 施蛰存:《我的家屋》,《北山散文集》第一辑,上海:华东师范大学出版社2011年版,第96页。
② 施蛰存:《自传》,《北山散文集》第一辑,上海:华东师范大学出版社2011年版,第265页。

清初的著名诗人钱牧斋(钱谦益)与秦淮名妓柳如是的爱情故事及为后人传颂的"桦烛金炉一水香"等定情诗句也都源于此地的龙潭舟中。施蛰存自己也常在潭中放舟,感念昔时的人物风流:松江城东有马嗜寺,山门外修竹千竿,松桧数十本,树荫茂密。殿内有一放生池,池子虽浅,秋水时节,碧波洋溢。杨了公(杨锡章)、姚鹓雏(姚锡钧)等"南社"的才子们常来散步、吟咏,徘徊不忍离去。松江城中有醉白池,水榭荷香,实为纳凉消暑之胜地。施蛰存常与好友浦江清、雷震同在水阁中挥扇品茗,论文言志,臧否古今,日斜始归。松江城北有九峰之胜,其中逸士名姬的风流遗韵颇多,明代文学家陈眉公(陈继儒)曾居东佘山,施子野(施绍莘)曾居西佘山,姹女明姬,掩映其间,笙歌不绝。

伴随着家乡记忆和家乡情思中松江自然清新的山水风景和悠久儒雅的历史文化,施蛰存的童年记忆是温馨、沉静的,也是孤寂、感伤的。在施蛰存的童年记忆中,读书,似乎构成了生活的主要内容。在私塾里,"我坐下来,从新做的花布书包里取出我生平的第一本语文读本:《千字文》。老师先读一句,我跟着照样读一句"。① 在家中,读父亲的"十二个书箱"中的书:"我进中学后才能自己找书看,以为父亲的书,我一辈子也读不完。"②童年的终日读书,伴随着温馨,也浸润着孤寂。关于自己的家庭,施蛰存自述:母亲是家庭妇女,自己是独子,下面还有四个妹妹(著者按:其大妹施绛年曾使戴望舒陷入像"丁香一样结着愁怨"的苦恋)。施蛰存回忆:"我到如今也常常惊异着自己的小时候的性格。我是一向生活在孤寂中,我没有小伴侣,散学归家,老年的张妈陪伴着母亲在堂上做些针线活,父亲尚未回来,屋宇之中常是静悄悄地,而此时我会得不想出去与里巷中小儿争逐,独自游行在这个湫隘又阴沉的天井里。……晚风乍起,落叶萧然,这时我虽在童年,也好像担负着什么人生之悲哀,为之怅然入室。……以后,是在病榻上,听到侵晓的鸦啼,也曾感觉

---

① 施蛰存:《我的第一本书》,《沙上的脚迹》,沈阳:辽宁教育出版社1995年版,第70页。
② 施蛰存:《我的第一本书》,《沙上的脚迹》,沈阳:辽宁教育出版社1995年版,第71页。

到一度的悲哀。"①

1917年　十二岁

初小毕业,入松江县第一高等小学就读。自述幼时多喜欢读小说,并尝试作小说,向上海的文艺刊物投稿。当时以为小说的体裁更适合去刻画人情、编造故事,其创作过程也会比吟诗作赋更为容易些。

1919年　十四岁

高小毕业,进入江苏省立第三中学。

开始对宋诗、唐诗产生浓厚的兴趣。始作新诗,还与同学浦江清共读江淹恨、别二赋,相约拟作,浦江清作《笑赋》,施蛰存作《哭赋》。

中学时代开始学习英语语文课程,构成其知识结构

---

① 施蛰存:《鸦》,《灯下集》,北京:开明出版社1994年版,第36—37页。

和文学基础的"一大关键",即一种扎实的英语语言技能和专业的欧美文学欣赏水平的训练。在中学三、四年级的时候,数、理、化和西洋史等课程的教材都是英文教本,英语语文课程也不是选择零散杂乱的单篇课文,而是每学期选读一本英文文学名著。三年级上学期是英国作家兰姆依据莎士比亚剧本改编的故事集《莎氏乐府本事》,下学期是美国小说家霍桑的《丹谷闲话》;四年级上学期是美国作家华盛顿·欧文的《拊掌录》,下学期是英国浪漫主义作家司各特的《撒克逊劫后英雄传》。这奠定了其较为厚重的欧美文学功底和较为坚实的英文阅读能力。其时,施蛰存数、理、化的成绩都比较差。

在五四新文化运动的大潮下,开始读《新青年》《新潮》,始获新思想。

1920年 十五岁

暑假,反复研读胡适新诗集《尝试集》,朦胧地感觉到胡适的新诗"好像是顶坏的旧诗",而新诗应该有一种"新的形式"。

1921年　十六岁

8月,郭沫若的《女神》出版。在《女神》出版广告登出的第一天,施蛰存就写信到泰东书局去函购,焦急地等了一个星期后才收到邮寄的书。阅读了多遍以后,方才承认《女神》可以代表"新诗的发展"方向,受其影响,开始尝试写作新诗。

是年,看到革新后的《小说月报》刊载许多俄国小说的翻译,也深受影响,产生兴趣,开始尝试创作小说。

1922年　十七岁

开始创作小说,也开始用"青萍"、"施青萍"的笔名。施蛰存自己解释:起初"感觉到人生的无谓,于是取名叫'寄萍'",后来改为"青萍","我的意思,青萍是用的长行于薛下之门的故事"。①

---

① 施蛰存:《我的名字和别署》,《北山散文集》第一辑。上海:华东师范大学出版社2011年版,第17—18页。

4月,发表第一篇小说《恢复名誉之梦》(《礼拜六》第155期),署名青萍。

5月,发表小说《老画师》(《礼拜六》第161期),署名松江第三中学施青萍。

6月,发表小说《寂寞的街》(《星期》第17号),署名施青萍。

夏天,在江苏省立第三中学毕业。报考东南大学,同去四人仅浦江清一人被录取。

9月,考入杭州之江大学。此学校为教会大学,施蛰存在此主要学习英语。在这一时期,施蛰存开始对印石印章表现出兴趣。他回忆:"我不懂得印石的好歹,但是我很喜欢玩印章。这趣味是开始于我在十五六岁时从父亲的旧书箱中找到一本《静乐居印娱》的时候,而在一二月以后从神州国光社函购的一本《簠斋藏古玉印谱》使我坚定了玩赏印章的癖性。……在之江大学读书的时候,每星期日总到'旗下'去玩。走过明得斋那家刻字店,总高兴去看看他们玻璃橱里的印章。"①

---

① 施蛰存:《绕室旅行记》,《灯下集》,北京:开明出版社1994年版,第128—129页。

10月,结识了戴梦鸥(戴望舒)、张元定(张天翼)、叶为耽(叶秋原)、戴涤原(杜衡)等朋友,并与戴望舒、杜衡、张天翼、叶秋原等人一起组织文学社团"兰社"。

1923 年　十八岁

1月,出版旬刊《兰友》,由戴望舒任主编,共发行十七期,7月1日即停刊。"兰社"和《兰友》成为施蛰存编辑出版生涯的最初尝试。

开始写作散文、小说,署名除施蛰存外,均为施青萍。

3月,发表小说《伯叔之间》(《半月》2卷12号)。

4月,发表散文《山歌缀俊》(《半月》2卷15号)。

6月,发表散文《童妃纪》(《半月》2卷19号)。

7月,发表《苹华室诗见》(《时事新报·文学》第100期),第一次署名施蛰存。

8月,第一部短篇小说集《江干集》自费刊印出版。

10月,发表散文《上海大学的精神》(《民国日报》副刊《觉悟》10月23日),署名施蛰存。

11月,发表《红禅室漫记》(《半月》3卷4号)。

夏季,因参加非宗教大同盟的进步活动,被迫离开之江大学,在之江大学就读仅一年,只是肄业。

9月,与戴望舒同往上海,入上海大学中国文学系,教师中有陈望道、沈雁冰(茅盾)、俞平伯、田汉等。由同级同学孔令俊(孔另境)介绍,常去拜访沈雁冰,还结识了张闻天。

1924年 十九岁

秋,改入大同大学,戴望舒转入震旦大学法文特别班。

1925年 二十岁

5月,作小说《弃家记》(《半月》4卷10号),署名施青萍。

秋季,与杜衡一起进入震旦大学法文特别班,开始在法国神父的教学指导下,接受严格的法语训练。苦学法文,每周的作业都是把一篇古文翻译为法文,施蛰存翻译过《阿房宫赋》、李白诗《古风》等。

年青时代的施蛰存曾参加过一些革命活动。1925年秋冬之季,与戴望舒、杜衡一起加入了共产主义青年团和国民党。此组织属于国民党左派,其成员大多数是共产党员或共青团员,即所谓"跨党分子",工作也都是保密的。施蛰存参加过该左派组织的共青团会议,接受过散发传单等革命任务。由于当时上海军阀的反动统治,不允许有政治活动的自由,不允许有"扰乱治安"的群众运动,所以无论是共产党还是国民党,都被纳入了"应予逮捕"之列。当时的"清党委员会"宣布通缉的共产党名单中有:"震旦大学,有CY(按:Communist Youth,共产主义青年团的英文缩写)嫌疑者施安华。"[1]后因震旦大学校内的反动派气焰逐渐嚣张和上海环境的不稳定,施蛰存回到松江(当时松江县属江苏省),戴望舒和杜衡也回到杭州。

1919年五四新文化运动的发生,激发了施蛰存从事文学事业的决心。他自述,五四新文化运动爆发后,"读《新青年》、《新潮》诸杂志,始获得新思想。习作小说,新

---

[1] 朱明鹤:《施蛰存:我曾经是CY一员》,《海上论坛》2002年第10期。

诗,为一生文学事业之始"。① "五四运动使我懂得了封建主义、民主主义、自由主义、帝国主义这许多新名词、新思想。胡适的《中国哲学史(上册)》,是使我接触先秦诸子的第一部书。郭沫若的《女神》是我买的第一部新诗集。《少年维特之烦恼》是我买的第一部新文学出版物的外国小说。在早期的新文学运动中,创造社给我的影响,大于文学研究会。这时,我已决心搞文学,当作家。"②

在风起云涌的五四新文化运动大潮中,施蛰存满怀热情、积极投入其中,但又没有盲目地人云亦云,而是努力地去思考白话新诗写作的成功与不足。面对胡适等人积极倡导的文学革命、文体解放以及白话新诗的写作,特别是面对胡适的《尝试集》,冰心的《春水》、《繁星》,汪静之的《蕙的风》等新诗的相继问世,他用了一个暑假的时间反复地研读胡适的《尝试集》,阅读之后隐约地感觉到应该对胡适的新诗"表示反对"了。因为他觉得,胡适的

---

① 施蛰存:《浮生杂咏·三十》,《沙上的脚迹》,沈阳:辽宁教育出版社1995年版,第200—201页。

② 施蛰存:《我的第一本书》,《沙上的脚迹》,沈阳:辽宁教育出版社1995年版,第72页。

新诗"好像是顶坏的旧诗",在胡适的"诗的解放"的文学主张里,应该有一种"新的形式"崛兴起来,但应该是哪一种形式,施蛰存自己也不清楚。随后,郭沫若的《女神》出版,躺在病榻上的施蛰存将从泰东书局函购来的《女神》读了三遍,方才认识到,只有《女神》才是白话新诗的发展方向,新诗创作就应该从《女神》这样的诗体、诗风出发。《女神》彻底脱离了旧诗的羁绊而自拓疆界,其中的《凤凰涅槃》,寓意着宇宙万物从炼狱的烈火中重新获得新生,令人耳目一新。于是,施蛰存得到"解答":胡适等人的五四新诗的诗体虽新,但思想内容尚显稚弱,即"精神上是诗,而形式上绝不是诗"。[1] 他用各个不同的笔名写诗,投给邵力子先生主编的《民国日报》副刊《觉悟》,以表达自己的诗学观点。当然,许多作品寄出去了,除了《觉悟》刊载了一二篇以外,大多数都被退回来了。于是另谋彼路,转而向《礼拜六》《星期》等杂志投稿。

轰轰烈烈的五四新文化运动,奠定了施蛰存一生文

---

[1] 施蛰存:《我的创作生活之历程》,《灯下集》,北京:开明出版社1994年版,第57页。

学事业的价值取向和审美风格。置身于文学为人生的写实主义和文学为自我的浪漫抒情两大文学潮流之中,施蛰存的文学倾向更偏重于后者。一方面,在施蛰存早期所接受的外国文学中,他更偏爱主观自我的情趣和浪漫抒情的艺术,更欣赏更崇拜歌德、莫泊桑、屠格涅夫、狄更斯等人的小说创作。另一方面,创造社作家注重自我个性表现、注重内心描写的艺术也给予他很大的影响。同时,革新了的《小说月报》刊载许多翻译的俄国小说,也引发了施蛰存对于小说创作的兴趣,致使其开始尝试写小说。其间,由于施蛰存当时读的外国小说大多是林琴南翻译的文言文译本,他也曾误把狄更斯纳入鸳鸯蝴蝶派之列。也由于施蛰存在《礼拜六》、《星期》等杂志发表小说,一度被人误认为是鸳鸯蝴蝶派中人,后来施蛰存逐渐认识到新文学与鸳鸯蝴蝶派中间是有着"一重鸿沟"的,而且自己的那些短篇小说"纯然是一些写实主义的作品",便停止了向鸳鸯蝴蝶派杂志的投稿。

1923年8月,施蛰存的第一部短篇小说集《江干集》自费刊印,由上海维纳丝文学会出版,交松江(当时松江县属江苏省)印刷所印刷,仅印一百册。该书署名施青萍,是施蛰存的第一本小说集。

在之江大学读书期间,由于不再向鸳鸯蝴蝶派投稿,又深感沈雁冰的《小说月报》和创造社的《创造季刊》都是望尘莫及的高级文学刊物,有些自卑,不敢再去投稿,便把自己一气写成的十个短篇小说自费结集,由于之江大学在钱塘江边,便题名《江干集》。《江干集》包括《冷淡的心》、《洋油》、《上海来的客人》、《船厂主》、《进城》、《父与母》、《礼拜堂内》、《手套》、《姊弟》、《梵村歌侣》、《火钟的安放》、《乡人》、《两日之出家》、《十三页半》、《两孩》、《路役》、《雪橇御人谈》、《贫富与智愚》、《守节者》、《渡船》、《欢乐之夜》、《屠税局长》、《猫头鹰》、《孤独者》、《创作馀墨》。《江干集》中作品在内容上主要表现了反封建、反帝国主义的思想倾向,创作手法多是现实主义的表述,小说艺术较为"粗糙"。

一

"三个书店"与"科学的艺术论丛书"

(1926年—1929年)

从1926年至1930年,施蛰存、戴望舒、刘呐鸥等几个"毫无出版经验的青年",为了发展"文艺事业",相继创办了《璎珞》、《文学工场》、《无轨列车》、《新文艺》四个杂志,及第一线书店、水沫书店、东华书店三个书店,并出版"科学的艺术论丛书"。

1926年　二十一岁

施蛰存开始了早期文学创作生涯。

3月，与戴望舒、杜衡一起创办文学同人刊物《璎珞》。

3月17日，散文《璎珞·序文》、小说《春灯》(《上元灯》)与《周夫人》均在《璎珞》上发表，署名安华。

5月，发表散文《街头随笔》(《文学周报》第223期)，发表译诗《安纳克郎短歌四首》(《文学周报》第227期)，署名均为施蛰存。

1927年　二十二岁

1927年至1928年间，施蛰存和朋友们开始了他们"文学工场"的文学活动，主要人员除了施蛰存、戴望舒、杜衡等人，还有冯雪峰。

1927年4月12日，蒋介石政府发动反革命政变。在风声鹤唳的政治气氛中，施蛰存离开震旦大学，归隐松江(当时的松江县属江苏省)，在松江联合中学任语文老师，工资40元。戴望舒、杜衡回杭州老家。随后,戴望舒、杜衡也相继来到松江施蛰存家。施家的一间小厢楼成为三人的政治避难所,也成了他们的文学工场。起初,他们大部分时间都用于翻译外国文学。施蛰存翻译了爱尔兰诗人夏芝的诗和奥地利作家施尼茨勒(按:一译"显尼兹勒"或"显尼志勒")的《蓓尔达·迦兰夫人》等作品。

是年夏天,戴望舒厌烦了孤寂的隐居生活,前往北平,结识了冯雪峰、沈从文、胡也频、姚蓬子、魏金枝、冯至等文学青年。于是,北平、上海、松江(当时的松江县属江苏省)的朋友之间开始了文学活动的往来。

是年,作散文、诗歌多篇,署名除安华外,均为施蛰存。

3月,作散文《书相国寺摄景后甲》、《书相国寺摄景后乙》,发表于《小说月报》20卷10号(1929年10月10日),署名安华。

8月,发表诗歌《明灯照地》(《现代评论》第6卷第141期)。

10月,发表诗歌《古翁仲对话》(《现代评论》第6卷第148期)。

12月,为戴望舒译《屋卡珊和尼各莱特》作序,《缅想到中世纪的行吟诗人——〈屋卡珊和尼各莱特〉译本序》。此文最初发表于《文学周报》第6卷第17期(1928年5月20日);后来,施蛰存的此文又作为戴望舒出版的译本《屋卡珊和尼各莱特》(上海光华书局1929年7月出版)的卷首序文。

1928年 二十三岁

1月,发表小说《绢子》(《小说月报》19卷1号,1928年1月10日);作《〈十日谈选〉题记》,署名柳安选译的《十日谈选》由上海光华书局于1929年出版。

3月,发表杂论《李清照词的标点》(《文学周报》第6卷第9期),署名施蛰存。

8月,作《〈上元灯及其他〉自序》,短篇小说集《上元灯及其他》由水沫书店于1929年出版。

9月10日,施蛰存、刘呐鸥、戴望舒主编的《无轨列车》创刊,发表了《委巷寓言》,包括《稻草人和饿了的刺猬》、《寒暑计》和《风,火,煤,山》三篇(《无轨列车》创刊号),署名安华。创办第一线书店。

10月,发表散文《妮侬》(《无轨列车》第3期),署名安华;发表诗歌《雨》(《无轨列车》第4期),署名安华;发表小说《追》(《无轨列车》第4期、第5期连载),署名施蛰存。

10月,施蛰存与陈慧华在松江结婚。冯雪峰、丁玲、胡也频、沈从文、徐霞村、刘呐鸥、戴望舒、杜衡、姚蓬之、林微音等文艺界朋友专程从上海赶到松江(当时的松江县属江苏省)参加婚礼。沈从文以丁玲、胡也频的共同名义送了一幅裱好的鹅黄洒金笺的横幅作为贺词,文云:"多福多寿多男女"。施蛰存解释,沈从文把成语"华封三祝"原句中的"多男子"改为"多男女",以示批判重男轻女的反封建思想。但自己婚后只生过一个女孩且不到二岁就夭殇了,后来接连生了四个男孩,自言辜负了沈从文的"善颂善祷"。在婚庆上,施蛰存为了招待朋友,专门让办喜筵的菜馆做了一道松江名菜四腮鲈鱼火锅,大家谈笑风生,"这是这一群文学青年最为意气风发,各自努力于创作的时候,也是彼此之间感情最融洽的时候"。①

---

① 施蛰存:《滇云浦雨话从文》,《新文学史料》1988年第4期。

1929年　二十四岁

创作小说,并翻译外国文学作品,署名均为施蛰存。

1月,小说集《追》由上海水沫书店出版。

4月,为短篇小说集《娟子姑娘》作序文,短篇小说集《娟子姑娘》(书中包括一篇《自序》以及三篇短篇小说:《幻月》、《娟子姑娘》①、《花梦》)由上海亚细亚书局于是年出版。

5月,《俄罗斯短篇杰作集》(第一、二册)由上海水沫书店出版,分别收入施蛰存译文两篇——《沙夏》([俄]库普林)和《古年代记中之一叶》([俄]莱思珂夫)。

8月,上海现代书局出版的《法兰西短篇杰作集》([法]沙都勃易盎等)收入施蛰存译作《阿盘赛拉易之末裔》([法]沙都勃易盎)。

9月,与戴望舒等人创办了《新文艺》月刊。

10月,翻译小说《牧人之笛》([奥地利]施尼茨勒[按:该小说发表时作者名译作"显尼志勒"])发表于《现

---

① 短篇小说《娟子姑娘》原名为《绢子》。

代小说》3卷1期,3卷2期续完,署名施蛰存译。

11月,发表小说《凤阳女》(《新文艺》1卷3号)。翻译小说《多情的寡妇》([奥地利]施尼茨勒[按:一译"显尼志勒"]),由上海尚志书屋出版,署名施蛰存译。

11月—12月,译作《近代法兰西诗人》([美]勒维生)连续发表于《新文艺》1卷3号、1卷4号和1卷5号,署名施蛰存译。

是年,上海商务印书馆计划大规模地系统介绍世界各国的短篇小说,郑振铎为其制定了出版"世界短篇小说大系"的规划,并邀请施蛰存、戴望舒等人翻译欧洲国家的小说。

1926年,施蛰存开始了其早期的文学期刊编辑活动。

1926年3月17日,施蛰存与杜衡、戴望舒共同编辑的《璎珞》旬刊创刊,"璎珞"的语意为印度及南洋一带人佩戴的以珠玉、宝石穿缀而成的饰物。这是他们三个人创办的"第一个新文学同人小刊物"。① 意欲发表三个人创作的诗、散文、译文。但是,杂志发行后的重点文章却

---

① 施蛰存:《震旦二年》,《新文学史料》1984年第4期。

是戴望舒关于法国诗的《读仙河集》、杜衡关于欧奈思特·陶孙诗剧《参情梦》的《参情梦及其他》。《璎珞》仅出四期即停刊,施蛰存在其中发表了散文《璎珞·序文》、小说《春灯》(即《上元灯》)与《周夫人》等。

1928年4月至6月,是"文学工场"最为兴旺的时期。

"文学工场"的活动直接受到冯雪峰的影响。1928年春,冯雪峰来到松江,寄住在施蛰存家,加入施蛰存、戴望舒、杜衡等人的"文学工场"。四个人的共同兴趣都是诗歌。施蛰存比较喜欢中国诗人李贺、李商隐、黄庭坚、陈三立和外国诗人哈代、夏芝、惠特曼、桑德堡等人的诗歌。冯雪峰的文学思想和文学活动直接影响了施蛰存等人的文学取向和审美趣味。冯雪峰可谓是系统介绍苏联文艺的功臣,来此之前已经出版了三本介绍苏联文艺的书,这次来松江又带来了许多日本原文的文学著作,如升曙梦、森鸥外、石川啄木等人的作品,以及一些苏联的现代诗,且此时正在从事《石川啄木歌集》和苏联诗《流冰》的翻译工作。冯雪峰的到来使施蛰存等人开始关注日本诗歌、苏联的现代诗和文学理论等新的文学领域,他们共同去买苏联小说,共同翻译了《俄罗斯短篇杰作集》(第一、二册)、《法兰西短篇杰作集》。

文学工场的活动集中于1928年4至6月间,《文学工场》是一个"流产了"的刊物。其间,冯雪峰、施蛰存、戴望舒、杜衡共同切磋,翻译、创作了许多文学作品。冯雪峰以翻译为主,创作为次,也写些文学评论和托尔斯泰、克雷洛夫式的寓言。每写一篇,大家相互讨论,彼此提意见。杜衡开始写短篇小说,戴望舒继续写诗。施蛰存由于教学工作牵绊,作品较少。为了发表自己的译文和创作,大家决定创办一个小型的同人小刊物,并与上海光华书局进行接洽,光华书局同意给他们编一个"三十二开型的新兴文艺小月刊"。[①] 他们费了两天时间斟酌,定名为《文学工场》,"觉得很时髦,很有革命味儿"。[②]《文学工场》创刊号共刊载五篇文章:第一篇是杜衡署名"苏汶"的译文《无产阶级艺术的批评》;第二篇是冯雪峰署名"画室"的文章《革命与智识阶级》,后刊发在《无轨列车》上;第三篇是施蛰存署名"安华"的拟苏联式革命小说《追》,后来也发表在《无轨列车》上;第四篇是戴望舒署名"江近

---

① 施蛰存:《绕室旅行记》,《灯下集》,北京:开明出版社1994年版,第126页。
② 施蛰存:《绕室旅行记》,《灯下集》,北京:开明出版社1994年版,第126页。

思"的诗歌《断指》,后编入《我的记忆》,有很多删改;第五篇是冯雪峰署名"画室"的译作《莫斯科的五月祭》([日]藏原唯人)。稿件编定后交给光华书局,一本四五万字的小刊物,两个星期就排版出了清样。光华书局老板看过清样,觉得内容激烈,有所顾虑,便将打印好的纸版退了回来。当时的《文学工场》还制订了"本刊第二期要目预告",共有七个题目:苏汶的小说《黑寡妇街》、画室(即冯雪峰)的译作《在文艺领域内的党的政策》、周星予的《文学的现阶段》、江近思的诗《放火的人们》、安华的《寓言》、升曙梦的《最近的戈理基》、[俄]绥拉菲莫维支的《戈理基是和我们一道的吗?》。这七篇文章,除了戴望舒署名"江近思"的诗从此没有下落之外,其余作品后来都曾在别的刊物上发表了。《文学工场》的刊样纸版,施蛰存保存到抗战初期,与其他书籍文物一起被毁于战争炮火。

1928年夏初,刘呐鸥来到上海,租住虹口江湾路六三号花园一座小洋房,戴望舒搬去同住,施蛰存暑假后来上海也住到刘呐鸥家里。其时冯雪峰也去了上海,杜衡去了杭州。于是,松江(当时的松江县属江苏省)"文学工场"的活动也就结束了。

在上海,施蛰存等人的文学活动和文学倾向受到日本现代主义文学即日本新感觉派的影响。刘呐鸥带来许多当时日本文坛流行的"新兴文学",在文学作品方面有横光利一、川端康成、谷崎润一郎等人的小说,在文艺理论方面有关于未来派、表现派、超现实派的文艺论著和相关报道。这些日本出版的文艺新书和"文坛新倾向","用日本文艺界的话说,都是'新兴',都是'尖端'","共同的是创作方法或批评标准的推陈出新"。① 于是,施蛰存和他的朋友们又开始出版发行《无轨列车》半月刊,创办第一线书店。

1928年9月10日,刘呐鸥、施蛰存、戴望舒三人创办《无轨列车》半月刊和第一线书店。刘呐鸥出资几千元钱,做老板兼会计;施蛰存、戴望舒做编辑,同时兼管出版发行事务。刊名为刘呐鸥所取,寓意是本刊物的方向没有一定的轨迹。《无轨列车》刊发了冯雪峰署名画室的《革命与知识阶级》,杜衡的反映工人罢工斗争的小说《黑寡妇街》、《机器沉默的时候》,施蛰存署名安华的《委巷寓言》(包括《稻草人和饿了的刺猬》、《寒暑计》、《风,火,煤,

---

① 施蛰存:《最后一个老朋友——冯雪峰》,《新文学史料》1983年第2期。

山》),戴望舒的诗《断指》,还有《高尔基访问记》、《夜风吹灭了洋灯》、《懒惰病》、《"库慈尼错"结社与其诗》、《由托尔斯泰家里寄》、《革命的女儿》等宣传苏联革命作家及革命文学的文章。主要撰稿者除了刘呐鸥、戴望舒、施蛰存、冯雪峰、杜衡外,还有徐霞村、胡也频等人。为了《无轨列车》这样一个小小的半月刊,刘呐欧、施蛰存、戴望舒三人在四川北路西宝兴路口租了一间临街的房子,开设了一家书店,即第一线书店。第一线书店的老板是刘呐鸥,戴望舒是经理,施蛰存是营业员。戴望舒和施蛰存整天待在店里,当然很少有人进来买书。书店除了经售光华、北新、开明书店的出版物,主要出版销售自己的刊物《无轨列车》。《无轨列车》出到第8期,就因宣传"赤化"的罪名而被禁止了,第一线书店也因警察局"有宣传赤化嫌疑"的一纸公文而被停止营业,挂了两个月的"第一线书店"招牌因此被除下。

"水沫书店"是施蛰存等人开办的第二个书店。1928年12月,刘呐鸥、施蛰存、戴望舒又在北四川路海宁路口公益坊租了一幢石库门住宅房子,改换门庭为水沫书店。水沫书店不再设门市房,不开店,只采用出版社的形式,主要出版一些"比较平稳的文艺书"。① 在文学创作方面,陆续出版了施蛰存小说集《追》、柔石小说《三姊妹》、胡也频小说《往何处去》,及冯雪峰译的苏联诗集《流冰》等。"水沫丛书"是水沫书店的重点出版物,也是一种同人性质的文艺创作丛书,前后共出版了五种:(一)戴望舒诗集《我的记忆》,(二)徐霞村小说集《古国的人们》,(三)施蛰存小说集《上元灯》,(四)姚蓬子诗集《银铃》,(五)刘呐鸥小说集《都市风景线》。这套丛书分别是五个人的第一本书,可谓"一种新鲜的风格"②,印刷也比较美观,但是销路并不好,只是在文艺界同人中引起了注意,施蛰存后来反思其原因,觉得是"没有做好发行工作的致命伤"。③ 在外国文学的介绍方面,水沫书店出版了两种丛书,其一是"现代作家小集",包括郭建英译、[日]横光利一著《新郎的感想》,杜衡译、[英]劳伦斯著《二青鸟》;

---

① 施蛰存:《最后一个老朋友——冯雪峰》,《新文学史科》1983年第2期。
② 施蛰存:《我们经营过三个书店》,《沙上的脚迹》,沈阳:辽宁教育出版社1995年,第16页。
③ 施蛰存:《我们经营过三个书店》,《沙上的脚迹》,沈阳:辽宁教育出版社1995年,第16页。

其二是"新兴文学丛书",包括沈端先译、[日]平林夕イ子著《在施疗室》,杜衡译、[美]约翰·李德著《革命底女儿》,林疑今译、[德]雷马克著《西部前线平静无事》,林微音译、[美]辛克莱著《钱魔》。其中,《西部前线平静无事》于1929年11月上旬出版,五个月内再版四次,大约卖了一万两千册,不仅是水沫书店最旺销的出版物,在1930年的中国出版界,这也是一件了不起的事情。此外,水沫书店还出版了英国作家莫理思《虚无乡消息》(林微音译),古罗马诗人奥维提乌思《爱经》(戴望舒译),苏联作家台米陀伊基《乱婚裁判》(沈端先译)、科伦太伊《伟大的恋爱》(周起应译),以及比利时诗人凡尔哈仑的短篇小说集《善终旅店》(徐霞村译)。在社会科学方面,水沫书店出版了孙晓村著《英美资本战》、伐尔伽著《一九二九年的世界经济及经济政策》(李一氓译)、马克思著《哲学的贫困》(杜国庠译)。

施蛰存等人考虑到水沫书店需要一个宣传刊物,于1929年9月15日又创办了《新文艺》月刊,从创刊号到1930年4月的第2卷第2期,共出版了八期。在《新文艺》创刊号上,施蛰存刊发了出版"科学的艺术论丛书"的广告、署名施蛰存的小说《鸠摩罗什》、署名安华的散文《鸦》、署名乌尼的书评《受难者的短曲》。该杂志的第1卷第1—6期,主要表现为倾向性不明显的同人刊物,到第2卷第2期时,受时代形势的影响,逐渐显露出左翼刊物的姿态,同时政治压力也比较大。大家研究后决定自动停办刊物以保全书店,于是第2卷第2期封面印出了"废刊号"三个字。《新文艺》各期内容中,文学创作与外国文学介绍各占一半。在文学创作方面,发表了徐霞村、许钦文、叶圣陶、彭家煌、李青崖、刘呐鸥、穆时英、施蛰存等人的小说,戴望舒、姚蓬子、邵冠华、章靳以等人的诗歌,茅盾的散文,等等。外国文学介绍方面,发表了戴望舒、徐霞村翻译的法国后期象征派诗歌、西班牙作家阿左林的散文,沈端先、刘呐鸥、郭建英、章克标翻译的日本文学作品,以及施蛰存翻译的介绍法国现代诗派的美国人著作《近代法兰西诗人》。由于苏联未来派诗人马雅可夫斯基在1930年4月14日自杀,《新文艺》在最后一期刊登了悼念专辑,发表纪念文章六篇,译马雅可夫斯基诗四首,分别由冯雪峰、戴望舒、姚蓬子执笔。这最后一期版权页上印的出版日期是1930年4月15日,事实上延至5

月份才出版。

1929年至1930年是水沫书店的兴旺时期,也获得了读书界和出版界的好评,但内忧外患接踵而来。内忧是经济问题,水沫书店办了两年,刘呐鸥支付的资金超过一万元,放在内地账面的欠款有三四万元,而这些钱也很难收回来。到1931年初,刘呐鸥的经济情况发生问题,他表示无法再投入资金,要求书店自力更生。因为要节约流动资金,营业额便降低了,书店顿时萎缩下来。外患是政治压力,当时国民党上海市党部正在策划查禁进步书刊、封闭书店。由于"宣传赤化"的嫌疑,水沫书店没有等待被查封,就先自行宣告停业,施蛰存等人想另外再办一个东华书店。他们一方面通知本市及内地各同业,把水沫书店的账目一律转到东华书店名下;另一方面,大家决定改变出版方向,多出一些大众化的日常用书,如《唐诗三百首》之类。但是,东华书店还没有来得及出书,就遭遇了淞沪抗日战争,施蛰存等人所经营的第三个出版机构东华书店便流产了。朋友们四处流散,刘呐鸥迁入法租界,转而从事电影事业,后远走日本;戴望舒回杭州,筹备去法国留学;杜衡闭门译书;冯雪峰参加了革命。

从1922年到1932年的十年时间里,施蛰存和朋友们创办、编辑、出版了《兰友》旬刊、《璎珞》旬刊、《文学工场》月刊、《无轨列车》半月刊、《新文艺》月刊等杂志,以及兰社、文学工场、第一线书店、水沫书店、东华书店等文学社团和出版机构,这些编辑出版活动,既让他积累了较为丰富的编辑实践经验,也为他建构了较为明确的文学发展方向,同时奠定了其较为固定的文学活动范围和较为坚实的文学友人团队。

1929年春,施蛰存开始学习、介绍马克思文艺理论著述,也开始了与鲁迅的接触。"科学的艺术论丛书"是他们出版发行的一套介绍马克思主义文艺理论的丛书。

施蛰存说:"在办第一线书店的时候,冯雪峰常常劝告我们,要出版些'有意义'的书。他所谓'有意义',马克思主义文艺理论是其中之一。"[1]1929年春,美国、法国、日本都出现了介绍苏联文艺理论的书籍。苏联出版的

---

[1] 施蛰存:《我们经营过三个书店》,《沙上的脚迹》,沈阳:辽宁教育出版社1995年版,第18页。

《国际文学》月刊每期都有文艺理论的介绍;当时日本文艺界把苏联文学称为"新兴文学",把马克思主义文艺理论称为"新兴文学论",并出版了"新兴文学论丛"。施蛰存、戴望舒、苏汶都买到了一些相关的英文、法文书籍,冯雪峰也买到了此类的日文书,于是引起了他们翻译介绍这些"新兴"文艺理论的兴趣,水沫书店便决定出版了一套系统介绍马克思文艺理论的"新兴文学论丛书"。冯雪峰建议大家分工翻译,刘呐鸥译、[匈]弗理契著《艺术社会学》,戴望舒译、[法]伊可维支著《唯物史观文学论》,冯雪峰译、[俄]卢那卡尔斯基著《艺术之社会的基础》。关于"新兴文学论丛书"的出版,施蛰存回忆:"我们考虑了一下,认为系统地介绍苏联文艺理论是一件迫切需要的工作,我们要发展无产阶级革命文学,必须先从理论上打好基础。但是我们希望,如果办这个丛书,最好请鲁迅先生来领导。"[1]施蛰存提出,请冯雪峰和鲁迅一起做计划,鲁迅欣然同意,表示乐于参加这个计划,不过只能做事实

---

[1] 施蛰存:《关于鲁迅的一些回忆》,《沙上的脚迹》,沈阳:辽宁教育出版社1995年版,第110页。

上的主编者,不对外宣布,也不要印出主编者的名字。在鲁迅的指导下,冯雪峰和戴望舒拟定了出版计划,丛书名改为"科学的艺术论丛书"。最初拟定的书目共十二种,其中包括伊列依契(列宁)、普列汉诺夫等苏联革命批评家的马列主义文艺理论。其中前五部:〔俄〕卢那卡尔斯基著《艺术之社会的基础》(冯雪峰译)、〔俄〕波格达诺夫著《新艺术论》(苏汶译)、〔俄〕普列汉诺夫著《艺术与社会生活》(冯雪峰译)、〔俄〕卢那卡尔斯基著《文艺与批评》(鲁迅译)、〔德〕梅林格著《文学评论》(冯雪峰译),于1925年5月至1930年6月间出版。以后陆续又有戴望舒译、〔法〕伊可维支著《唯物史观文学论》,鲁迅译、〔俄〕普列汉诺夫著《艺术论》也加入了这套丛书之中。但由于政治形势的变化,"丛书"被禁停止发行,第六部以后的翻译工作也就停止了。

在编辑"科学的艺术论丛书"的过程中,施蛰存与鲁迅之间有了进一步的交往,施蛰存既尊重鲁迅在文艺界的地位,也十分敬佩鲁迅对艺术的"极其热爱"及其"极高的"艺术欣赏力。例如,"科学的艺术论丛书"在排印鲁迅译卢那卡尔斯基《文艺与批评》时,需要插入一张卢那卡尔斯基画像。起初施蛰存等人做的是单色铜版,鲁迅不满意,要求按照他自己送来的国外画像原样做彩色的三色铜版。当时上海一般的制版所的技术都不够高明,都很难达到鲁迅的要求,于是反复几次,终于在一家日本人开的芦泽印刷所制成,才得到鲁迅的首肯。这张印在鲁迅译作《文艺与批评》中的卢那卡尔斯基插图画像,是当年上海所能做出来的最好的三色版画像了。再如,鲁迅为纪念柔石等左联五烈士而作《为了忘却的记念》,文章写于1933年2月7日,先后交于两个杂志社,编辑都不敢用,并在两个杂志社的编辑室搁置了好几天以后,方才转给施蛰存。待到门市部一个营业员把装有稿件的大信封放到施蛰存桌子上的时候,已经是2月20日以后了。施蛰存拿着文章与《现代》杂志书局老板张静庐一起研究,考虑了两三天后决定发表,并确定理由:一是舍不得鲁迅这篇异乎寻常的杰作被扼杀或被别的刊物取得发表的荣誉;二是这篇文章没有直接犯禁的语句,在租界里发表顶不上什么大罪名。于是,作为主编的施蛰存把鲁迅著《为了忘却的记念》编在《现代》第2卷第6期的第一篇,同时写下《社中日记》。为了配合这篇文章,施蛰存还编了一页《文艺画报》。施蛰存向鲁迅要来一张青年作家柔石的照片和一张柔石手迹(柔石诗稿《秋风从西方来了》一页),并配加了鲁迅在文章中提到的作家珂勒惠支的木刻画《牺牲》,还加了一张施蛰存仓促之间从鲁迅与别人合影照中剪下的鲁迅照片,题之为"最近之鲁迅"。另如,1932年12月鲁迅在北京大学、北京辅仁大学、北平师范大学连续作"帮忙文学与帮闲文学"等五次演讲。北京朋友寄来关于演讲的两张照片和一方剪报,施蛰存回忆:"我得到这两张照片,非常高兴,肯定他们是新文学史上的重要史料和文物,当时还未见别的刊物发表。"[①]于是,施蛰存立即将照片编在1932年出版的《现代》第2卷第4期的《文艺画报》中。

[①] 施蛰存:《关于鲁迅的一些回忆》,《沙上的脚迹》,沈阳:辽宁教育出版社1995年版,第115页。

三

《上元灯》与"第一本"小说创作

(1929年)

施蛰存自文学创作之始,就坚持文学创作必须是创造性的、创新的,并始终执着于一个"创"字。

短篇小说集《上元灯及其他》由上海水沫书店于1929年出版。施蛰存认定此书是其新文学创作的"第一本书":"'五四'新文学运动给我的教育,是重视文艺创作的'创'字。一个作家,必不能依傍或摹仿别人的作品,以写作自己的作品。一篇小说,从故事、结构到景物描写,都必须出于自己的观察和思考,这才算得是'创作'。我不愿意把初期的一些多少有摹仿痕迹的作品,老着脸说是我的创作,因此,我否定了《上元灯》以前的几个'第一本书'。"①

从出版时间的客观顺序来讲,施蛰存的早期小说创作集有《江干集》、《娟子姑娘》和《追》三本。

《江干集》是施蛰存的第一本小说集,1923年8月自费出版。

《娟子姑娘》是施蛰存的第一本由出版商印行的小说集。施蛰存回忆,1927年曾在《小说月报》读到夏丏尊翻

---

① 施蛰存:《我的第一本书》,《沙上的脚迹》,沈阳:辽宁教育出版社1995年版,第74页。

译的日本作家田山花袋著《棉被》,觉得很受启发。由于十分欣赏这种与欧洲作家不同的东方气息很浓重的小说,便摹仿其风格写了短篇小说《绢子》,发表于1928年的《小说月报》19卷1号。后经朋友介绍,在《娟子姑娘》(原名《绢子》)之上又加了两篇没有发表的小说,凑足五万字。于是,施蛰存的第二本短篇小说集《娟子姑娘》由上海亚细亚书局于1929年出版,收入《自序》和短篇小说三篇:《幻月》、《娟子姑娘》、《花梦》。施蛰存解释,短篇小说《娟子姑娘》虽然与《棉被》故事情节不同,但"明眼人"一定能够看出两者之间的很多相同之处。自己心里更明白,这是一种"高超的摹仿",还不能说是创作,因此施蛰存也不承认它是自己的第一本新文学创作。[①] 此书在以后的多次再版过程中,书名多为《娟子姑娘》。

《追》是施蛰存的第三本短篇小说集,包括《追》和《新教育》,由上海水沫书店于1929年出版,列入水沫书店的小丛书"今日文库",是施蛰存唯一的一本普罗文学或无

[①] 施蛰存:《我的第一本书》,《沙上的脚迹》,沈阳:辽宁教育出版社1995年版,第73页。

产阶级革命题材的小说。施蛰存自认为《追》是"拟苏联式革命小说":"'追'是我的仿苏联小说,试用粗线条的创作方法,来写无产阶级革命故事。这本小书居然被国民党……所重视,列入禁书目录,着实抬高了我的身价。"①"我说这篇是'拟苏联式革命小说',这并不是现今的说法,即使在当时,我也不能不自己承认是一种无创造性的摹拟:描写方法是摹拟,结构是摹拟,连意识也是摹拟。"②

1928年8月14日,施蛰存作《〈上元灯及其他〉自序》,1929年8月短篇小说集《上元灯及其他》由水沫书店出版,收入"水沫丛书",署名施蛰存著,共收短篇小说十篇:《扇》、《上元灯》、《周夫人》、《渔人何长庆》、《牧歌》、《妻之生辰》、《栗,芋》、《闵行秋日纪事》、《梅雨之夕》、《宏智法师的出家》。1931年10月20日,施蛰存作《〈上元灯〉改编再版自序》,改编本小说集《上元灯》由上海新中国书局1932年2月出版。1932年的修订版删去

---

① 施蛰存:《我们经营过三个书店》,《沙上的脚迹》,沈阳:辽宁教育出版社1995年版,第15页。
② 施蛰存:《绕室旅行记》,《灯下集》,北京:开明出版社1994年版,第127页。

了《妻之生辰》与《梅雨之夕》,因为这两篇要编入以后出版的两个集子中,此外也删去了《牧歌》这一篇,同时加入了以前写的三个短篇,《旧梦》、《桃园》、《诗人》。1933年2月新中国书局再版《上元灯》,收入"新中国文艺丛书"。

小说集《上元灯》表现出施蛰存早期文学创作的价值取向和审美风格,这是一种充溢着恬淡清新的江南农村氛围、流淌着和谐美丽的人情人性的故事,它散发着淡淡的香气,洋溢着浪漫的温情。卖鱼人"含着笑脸"替主顾挑选最好最鲜的活鱼,散发着诱人香气的桃园里可以随便让人尽量拣好的桃子摘下来吃,贫穷孤寡的嫂嫂永远在接济只会作诗的"颠头颠脑"的小叔。小说集《上元灯》出版后,即受到好评。朱湘、叶圣陶等人在1929年10月24日、12月28日致函施蛰存,表示自己的赞赏之意。沈从文说,作者以"柔和的线,画出一切人与物,……通篇也交织着诗的和谐。……以一个自然诗人的态度,观察及一切世界姿态,同时能用温暖的爱,给予作品中以美而调和的人格"。[①] 王哲甫说:"小说集《上元灯》,在水沫书

[①] 沈从文:《论施蛰存与罗黑芷》,《现代学生》第1卷第2期(1930年12月)。

店出版后,立刻引起了许多人的注意,使他在文坛上得到一个相当的地位。……如静水一般,很从容自然,没有惊心动魄的事迹。……作者用一枝很灵活的笔,写出没落在封建制度下的城市生活,充满了地方的色彩,而作者感伤的情调,也融合在作品之中。"[①]读者的好评,坚定了作者的创作信念,施蛰存说:"因了许多《上元灯》的读者,相识的或不相识的,给予我许多过分的奖饰,使我对于短篇小说的创作上,一点不敢存苟且和取巧的心。我想写一点更好的作品出来,我想在创作上独自去走一条新的路径。"[②]

"在创作上独自去走一条新的路径",是施蛰存自《上元灯》始所坚持的文学创作的方向,其一生的文学事业都是在孜孜不倦地追求着探索着"一条新的路径"。小说集《上元灯》可谓是其诸种"新的路径"的一脉,一种江南风情式的清新宁静的审美理想。

[①] 王哲甫:《中国新文学运动史》,北平:杰成书局1933年版,第245页。
[②] 施蛰存:《我的创作生活之历程》,《灯下集》,北京:开明出版社1994年版,第61页。

四

《将军的头》与"创作的新蹊径"

(1930年—1931年)

施蛰存说:"自从《鸠摩罗什》在《新文艺》月刊上发表以来,朋友们都鼓励我多写些这一类的小说,而我自己也努力着想在这一方面开辟一条创作的新蹊径。"①小说集《将军的头》代表了施蛰存所开辟的另外一条"创作的新蹊径"。

---

① 施蛰存:《〈将军的头〉自序》,《北山散文集》第三辑,上海:华东师范大学出版社2011年版,第1284页。

1930年 二十五岁

创作小说,翻译外国文学作品,署名除安华外,均为施蛰存。

2月,发表小说《阿秀》(《新文艺》1卷6号),署名安华。

3月,发表小说《花》(《新文艺》2卷1号)。

4月,翻译小说《拘捕》([德]格莱赛),并发表于《新文艺》2卷2号。

5月,翻译小说《一九〇二级》([德]格莱赛),由上海东华书局于本月出版。

6月,翻译小说《脱列思丹》([德]托马斯曼),并发表于《小说月报》21卷6号。

9月,翻译小说《薏赛儿》([英]罗兰斯),并发表于《小说月报》21卷9号。

10月,作《〈将军的头〉自序》,发表小说《将军的头》①

---

① 按:该小说发表时,以及同名小说集出版时,均作"《将军底头》",本书根据目前的用字规范,统一作"《将军的头》"。涉及引文时,则仍然保留"底"字的写法。

(《小说月报》21卷10号)。

11月,作评介古罗马诗人维吉尔的论文《魏琪尔之牧歌》、《魏琪尔之田功歌》(《小说月报》21卷11号)。

是年,虬江路四川北路口新开新雅茶室,为文人艺术家每日下班后的常聚之所。曹礼吾、曹聚仁、叶灵凤(蕴璞)、姚苏凤、张光宇、张正宇、鲁少飞、潘凫公(伯鹰)等,以及自称"艺术三家"的朱应鹏、傅彦长、张若谷,大家都是新雅茶室的常客。施蛰存与诸多朋友皆在此相识,甚至因缘定交。如其自述:"虬江路口好茶居,宾至如归席不虚。学士文人兼画伯,茗边一笑定初交。"[①]

1931年 二十六岁

3月,受吴淞中国公学新任国文系主任、文理科学长李青崖邀请,到中国公学兼职文预科国文课教员。仅三个多月,中国公学因学潮提前放暑假,李青崖下台,学校

[①] 施蛰存:《浮生杂咏·五十七》,《沙上的脚迹》,沈阳:辽宁教育出版社1995年版,第211页。

不再聘请施蛰存。

创作小说,翻译外国文学作品,署名均为施蛰存。

2月,发表小说《石秀》(《小说月报》22卷2号)。

4月,编著《魏琪尔》,由商务印书馆出版,收入王云五主编的"万有文库"第1辑。

5月,撰写《妇心三部曲》译者序。

6月,翻译小说《妇心三部曲》([奥地利]施尼茨勒[按:该书封面、扉页及施蛰存所写的译者序将作者名译作"显尼兹勒"或"显尼志勒"])由上海神州国光社出版,包括《译者序》、《蓓尔达·迦兰夫人》(按:关于"蓓尔达·迦兰夫人"这一题名,用字上有所区别,有的地方称之为"蓓尔达·茄兰"、"蓓尔达·茄兰夫人",而有的地方则称之为"蓓尔达·迦兰"、"蓓尔达·迦兰夫人"。似乎,用"茄"字是出版商的行为,而用"迦"字则是施蛰存本人的译法。详见第166页脚注①)、《毗亚特丽思》和《爱尔赛小姐》,后上海言行社1947年再版。

7月,发表小说《窰羹》(《小说月报》22卷7号)。

8月,发表小说《在巴黎大戏院》(《小说月报》22卷8号)。

9月,发表小说《魔道》(《小说月报》22卷第9号)。

10月,发表小说《孔雀胆》(《文艺月刊》2卷10号),收入小说集《将军的头》时,改名为《阿褴公主》;作小说集《将军的头》初版自序;作《上元灯》改编再版自序。

11月,小说集《李师师》,包括《李师师》、《旅舍》、《宵行》三个短篇,由上海良友图书印刷公司于本月出版,收入赵家璧主编的"一角丛书"。

12月,译作《二祈祷者》([波兰]式曼斯奇)发表于《文艺月刊》2卷11—12号(合刊)。

小说集《将军的头》代表了施蛰存开辟的另外一条"创作的新蹊径",即把弗洛伊德的心理分析学说融入小说创作之中,用以揭示人物精神世界内在深层的心理活动。不可否认,施蛰存对弗洛伊德理论的了解、认知和运用既是率先进行的,也是颇得精髓的。

在20世纪30年代初,施蛰存大量地阅读、研究了弗洛伊德理论及其相关学说。他回忆说:"弗洛伊德等心理学家的书当时我都读了,我从法国及国内买了他们的书,我自己也翻译了五本书,这工作做下来,他们那一套本领我就学会了。"①"心理治疗方法在当时是很时髦的,我便去看弗洛伊德的书。当时英国的艾里斯出了一部'Psychology of Sex'(《性心理学》),四大本的书,对弗洛伊德的理论来个大总结和发展,文学上的例子举了不少。我也看了这套书。所以当时心理学上有了这新的方法,文艺创作上已经有人在受影响,我也是其中一个。"②

1929年9月15日,历史小说《鸠摩罗什》发表在《新文艺》创刊号。随后《将军的头》发表于1930年10月10日的《小说月报》21卷10号,《石秀》发表于1931年2月10日的《小说月报》22卷2号,《孔雀胆》发表于1931年10月30日《文艺月刊》2卷10号,四篇小说署名均为施蛰存。《孔雀胆》收入小说集《将军的头》时,改名为《阿褴公主》。1931年10月25日,施蛰存作《〈将军的头〉自序》,小说集《将军的头》由上海新中国书局于1932年1月出版,收入《鸠摩罗什》、《将军的头》、《石秀》、《阿褴公

---

① 施蛰存:《中国现代主义的曙光》,台湾《联合文学》1990年第6卷第9期。
② 施蛰存:《为中国文坛擦亮"现代"的火花》,新加坡《联合早报》1992年8月20日。

主》四篇小说,署名施蛰存著。1933年1月新中国书局再版此书,后收入"新中国文艺丛书"。

小说集《将军的头》中四篇小说的创作,其题材都是古代的历史故事,艺术手法上借用弗洛伊德的"里比多"性欲理论,表现被压抑的"里比多"如何扭曲变态或自由驰骋,以及与现实社会道德约束之间的冲突。具体而言:"《鸠摩罗什》,宗教和色欲的冲突;《将军的头》,信义和色欲的冲突;《石秀》,友谊和色欲的冲突;《阿褴公主》,种族和色欲的冲突。"[1]施蛰存自述:"它们同样是以古事为题材的作品,但在描写的方法和目的上,这四篇却并不完全相同了。《鸠摩罗什》是写道和爱的冲突,《将军的头》却写种族和爱的冲突了。至于《石秀》一篇,我是只用力在描写一种性欲心理,而最后的《阿褴公主》,则目的只简单地在乎把一个美丽的故事复活在我们眼前。"[2]以《石秀》为例,小说取材于《水浒》第四十四回至四十六回有关石秀的故事。石秀和杨雄结拜为兄弟后,住在杨雄家,发现

---

[1] 《书评·施蛰存〈将军的头〉》,《现代》第1卷第5期(1932年9月)。
[2] 施蛰存:《〈将军的头〉自序》,《北山散文集》第三辑,上海:华东师范大学出版社2011年版,第1284页。

了杨雄妻子潘巧云与和尚裴如海的奸情,便杀了裴如海,也杀了潘巧云。施蛰存小说摒弃了对《水浒》原著故事情节的描述,重点写友谊与色欲之间的矛盾。写石秀面对潘巧云而产生的不能控制的"里比多"心理:石秀"因为爱她,所以想杀她"的种种变态心理,以及杀潘巧云时所感受的"血花四溅"的"美艳"、"每剜一刀"之后的"满足的愉快"。如施蛰存自述,小说集《将军的头》确实代表了自己当时创作"新蹊径"的一个探索,"都是运用历史故事写的侧重心理分析的小说,在当时,国内作家中还没有人采用这种创作方法,因而也获得一时的好评"。[①] 小说集《将军的头》问世后,也确实产生了较大反响。《现代》第1卷第5期刊发了对于小说集《将军的头》的评论,明确地把这本小说集划入弗洛伊德心理分析的范畴之中,并赞扬施蛰存所开辟的"一条新蹊径","一个极大的共同点——二重人格的描写。每一篇的题材都是由生命中的两种背道而驰的力的冲突来构成的,而这两种力中的一种

---

① 施蛰存:《我们经营过三个书店》,《沙上的脚迹》,沈阳:辽宁教育出版社1995年版,第22页。

又始终不变地是色欲。……显然地,这是一篇心理分析上非常深刻的作品,与弗洛伊德主义的解释处处可以合拍"。① 1931年10月26日,楼适夷在《文艺新闻》33号上发表《施蛰存的新感觉主义——读了〈在巴黎大戏院〉与〈魔道〉之后》,批判施蛰存小说的内容"完全不能捉摸","乃是一种生活解消文学的倾向"。可见,作为"创作的新蹊径"的新鲜尝试,或首肯或批评,受众接受的态度都比较尖锐。

同样为了探索"创作的新蹊径",施蛰存和朋友们为了实践向马克思主义文艺思想的"转向",开始尝试创作无产阶级的文艺作品。穆时英写了《黑旋风》、《咱们的世界》等表现工人生活的作品,施蛰存写了《凤阳女》、《阿秀》、《花》等几篇描写劳动人民的小说。面对自己这些"转向"的努力,施蛰存渐渐意识到这些创作是失败了。因为自己连倾向无产阶级文艺的思想基础都没有,更没有无产阶级生活的体验,结果"都是摹仿"。此时,施蛰存仿佛认识到:自己没有向着"普罗文学"的左翼方向发展

---

① 《书评·施蛰存〈将军的头〉》,《现代》第1卷第5期(1932年9月)。

的可能与兴趣,"这并不是我不同情于普罗文学运动,而实在是我自觉到自己没有向这方面发展的可能。甚至,有一个时候我曾想,我的生活,我的笔,恐怕连写实的小说都不容易做出来,倘若全中国的文艺读者只要求着一种文艺,那是我惟有搁笔不写,否则,我只能写我的"。①

---

① 施蛰存:《我的创作生活之历程》,《灯下集》,北京:开明出版社1994年版,第61—62页。

五

《现代》杂志与"现代派"

(1932年—1934年)

施蛰存说:"现在大家讲中国'现代派',首先就从我和我的一些朋友们谈起,……这样我发现自己在一些现代文学研究者眼中已成为新文学运动中第一批现代派作家。与我同时被提到的还有戴望舒的诗,穆时英、刘呐鸥的小说,这些人恰恰又都是我的朋友,而且都在《现代》杂志上发表作品,于是'现代派'又意味着是《现代》派。"①

---

① 施蛰存:《关于"现代派"一席谈》,《文汇报》1983年10月18日。

1932年　二十七岁

1月28日,淞沪战争爆发,施蛰存回到松江(当时的松江县属江苏省),继续当中学教师。

除去《现代》杂志,还在其他刊物上发表杂文、散文,署名均为施蛰存。

1月,发表致楼适夷的公开信,《施蛰存谈一生之希望》(《文艺新闻》44号)。

5月1日,主编《现代》杂志,创刊号出版。

9月,发表《如何作文》(《青年界》2卷2期)。

10月,发表小说《夜叉》(《东方杂志》29卷4号)。

12月,发表《宫女与妓女》(《申报·自由谈》12月17日),发表《鲍乔谐话抄》(《申报·自由谈》12月21日),发表《无相庵随笔》(《申报·自由谈》12月24日和28日),发表《买旧书》(《申报·自由谈》12月25日)。

12月,施蛰存在鲁迅、柳亚子、茅盾等发起的《中国作家为中苏复交致苏联电》上签名。

1933年 二十八岁

除去《现代》杂志,还在其他刊物上发表诗歌、杂文、散文,署名均为施蛰存。

1月,发表诗歌《文房具诗铭三章》、散文《新年的梦想》(《东方杂志》30卷1号)。

3月,发表《读报心得》(《申报·自由谈》3月8日);作《〈梅雨之夕〉自跋》,短篇小说集《梅雨之夕》由上海新中国书局于本月出版。

5月,作《我的创作生活之历程》,收入上海天马书店1933年6月出版的《创作的经验》一书。

6月,翻译挪威作家哈姆生著小说《恋爱三昧》,该书由上海光华书局出版,收入姚蓬子主编的"欧罗巴文艺丛书",1937年5月再版。

10月,发表《〈庄子〉与〈文选〉》(《申报·自由谈》10月8日),发表《致黎烈文先生书——兼示丰之余先生》(《申报·自由谈》10月20日),发表《突围》(《申报·自由谈》10月29日—11月1日)。

11月,发表小说《名片》(《矛盾》2卷3期);发表《"新师说"异议》(《申报·自由谈》11月2日);发表杂文《关于围剿》(《涛声》2卷46期);作《〈善女人行品〉序》,短篇小说集《善女人行品》由上海良友图书印刷公司于本月出版。

12月,发表《革命时代的夏里宾》(《申报·自由谈》12月17日),发表《致烈文函》(《申报·自由谈》12月24日)。

暑假,好友浦江清赴英游学,途经上海,二人晤谈数日。

是年10月3日,与杜衡等在上海伟达饭店会见来中国参加"第二次世界反帝大会"的法国作家伐扬·古久列,并向其约稿。伐扬·古久列著《告中国知识阶级》发表在是年11月1日《现代》4卷1期。

1934年　二十九岁

除去《现代》杂志,还有一些编辑活动和文学创作,署名均为施蛰存。

3月,筹办《文学感觉》。

3月至5月,与朱雯合编《中学生文艺》月刊。

6月1日,主编的《文艺风景》(原拟名《文学感觉》)在上海创刊,文艺风景社出版。

6月,译作《强性》([波兰]Stefan Żeromski①),发表于《矛盾》3卷3、4期合刊。

8月,发表小说《精神的亢旱》(《小说》第5期);作《〈域外文人日记抄〉序》。

10月,译作《域外文人日记抄》由上海天马书店于本月出版。

11月,发表杂文《读〈檀园集〉》(《人间世》第15期)。

....

《现代》创刊,标志着以《现代》杂志为阵营的中国现代派文学的崛起。

施蛰存回忆:"1932年5月,我开始为上海现代书局创办大型文学月刊《现代》。在这个刊物上,我发表了戴望舒及其同路人的诗。这些诗,有新的倾向、风格与当时盛行的'新月派'诗不同。因此,引起了各地青年诗人及

---

① 这一期《矛盾》的目录页将《强性》作者的名字印成"Stofan Neronski",误,此处予以更正。

爱好诗的读者的惊异。"①施蛰存也曾讲述过《现代》创刊、编辑的过程。1932年3月中旬,上海现代书局老板洪雪帆、经理张静庐计划办一个文艺刊物,致函邀请施蛰存为主编。于是,《现代》杂志作为"一个不冒政治风险的文艺刊物,……一个综合性的、百家争鸣的万华镜"②而问世。

《现代》杂志1932年5月1日创刊,施蛰存为主编,每月一期,每六期为一卷。到第3卷第1期改为施蛰存、杜衡两人编,直至1934年末的第6卷第1期。在1934年2月1日的第4卷第4期,《现代》又发表了署名施蛰存、杜衡、叶灵凤的《现代杂志社同人启事》,宣布"辞卸现代书局编辑部一切职务,此后将集中棉力编辑本刊,使本刊内容能益臻于充实之境"。③《现代》从1932年5月到1934年11月共出版三十期。1935年因现代书局受国民

---

① 施蛰存:《关于〈现代〉诗的三份史料》,《文艺百话》,上海:华东师范大学出版社1994年版,第120页。
② 施蛰存:《重印全份〈现代〉引言》,《〈现代〉创刊号》影印本,上海:上海书店出版社1984年版,第1页。
③ 施蛰存、杜衡、叶灵凤:《现代杂志社同人启示》,《现代》第4卷第4期(1934年2月)。

党控制,故自第6卷第2期"革新号"起,由汪馥泉接编,施蛰存等人辞去《现代》编务。汪馥泉接编之后仅出版三期,至1935年5月第6卷第4期,即告停刊。

《现代》鲜明地体现了施蛰存作为编者的"个人的主观标准"。如施蛰存在创刊宣言上声明:"本志是文学杂志,凡文学的领域,即本志的领域。……故本志并不预备造成任何一种文学上的思潮、主义或党派。……因为不是同人杂志,故本志所刊载的文章,只依照着编者个人的主观为标准。至于这个标准,当然是属于文学作品的本身价值方面的。"[①]《现代》声称不带有政治倾向,只追求以文学为本体的文学的"本身价值"。其编辑方针和刊载的文论、创作都表现出鲜明的对欧美意象派诗的倾心偏爱,以及对西方现代主义文学发展趋势的浓郁兴趣。

以施蛰存为主编的《现代》把对外国文学的介绍放到了极为重要的位置,或者说,《现代》杂志的文学倾向是建立在积极借鉴、移植外国文学,特别是西方现代主义基础之上的。他们广开言路、博采众家,大量地翻译介绍外国

---

① 施蛰存:《创刊宣言》,《现代》创刊号(1932年5月)。

文学的理论和艺术,在极为开阔广博的世界文学视域下进行了深入探索、慎重比较之后,找到了适合自己的文艺取向,建构起中国20世纪30年代现代主义文学的思想诉求和创作模式。在施蛰存等人看来,以美国为代表的西方文学,特别是现代主义文学,代表了世界文学发展的"现代"方向,即:"这个月刊既然名为《现代》,则在外国文学之介绍这一方面,我想也努力使它名副其实。我希望每一期的本志能给读者介绍一些外国现代作家的作品。"①

《现代》杂志对世界文学特别是对西方现代主义文学的介绍引进既是一种积极的移植借鉴,也是一种审慎的自觉选择,既体现了他们对世界文学发展态势的敏锐感知和率先觉醒,也表现出一种文学先驱者的探索性勇气和创造性实践。一方面,《现代》全方位地概述了西方国家文学的发展趋势及现代主义文学演进的历史规律和个性特征。例如:高明著《一九三二年的欧美文学杂志》(第1卷第4期)、戴望舒译《大战后的法国文学》(第1卷第4期)、高明译《英美新兴诗派》(第2卷第4期)、高明

---

① 施蛰存:《编辑座谈》,《现代》第1卷第1期(1932年5月)。

著《一九三二年的欧美文坛》(第4卷第5期)、张崇文译《波特莱尔的病理学》(第4卷第6期)、赵家璧译《近代美国小说之趋势》(第5卷第1期)、赵家璧译《近代德国小说之趋势》(第5卷第2期)、戴望舒译《叶赛宁与俄国意象诗派》(第5卷第3期)、赵家璧译《近代西班牙小说之趋势》(第5卷第3期)、赵家璧译《近代意大利小说之趋势》(第5卷第4期)、赵家璧译《近代英国小说之趋势》(第5卷第5期)等。另一方面,《现代》又深入分析了现代主义文学发展历程中代表性的思潮流派和作家作品。例如:赵家璧著《帕索斯》(第4卷第1期)、徐迟介绍美国意象派诗人林德塞的文章《诗人Vachel Lindsay》(第4卷第2期)和《意象派的七个诗人》(第4卷第6期)、高明《未来派的诗》(第5卷第3期)等。待到第5卷第6期,《现代》特别推出了《现代美国文学专号》,该期对美国文学的介绍研究以"文坛概观"、"理论家"、"作家"、"小说"、"戏剧"、"诗"、"散文"、"文学杂志"、"文艺杂话"共九个部分的形式出现。第一部分包括赵家璧《美国小说之成长》、顾仲彝《现代美国的戏剧》、邵洵美《现代美国诗坛概观》、李长之《现代美国的文艺批评》四篇,第二部分包括梁实秋《白璧德及其人文主义》等三篇理论文章,第三部分包括顾仲彝《戏剧家奥尼尔》、徐迟《哀慈拉·邦德及其同人》、叶灵凤《作为短篇小说家的海明威》、杜衡《帕索斯的思想与作风》、凌昌言《福尔克奈——一个新作风的尝试者》等十一篇作家专论,第四部分是林庚、穆时英等人翻译的海明威、福克纳等美国作家的十八篇小说,后面依次还有剧、诗、散文等方面的译作。面对世界范围内现代主义文学的蓬勃发展,施蛰存在署名编者的《美国现代文学专号导言》中得出结论:"美国是可以十足的被称为'现代'的",美国在社会政治、经济发展和思想文化诸方面都是"领先的",以此环境而诞生的美国文学也是"创造的"、"自由的"。"美国是达到了作为二十世纪的特征的物质文明的最高峰。电影,爵士音乐,摩天建筑,无线电事业,一切人类在这个世界上所造成的空前的供献以及空前的罪恶,都不约而同的①集中在北美合众国的国土上。……我们看到这是一种在长成中,而不是在衰落中

---

① 按:一些汉语表达,比如此处的"不约而同的"、前后文的"支加哥"、"海敏威"、"揉合"、"唯他命"、"波特莱尔"等,尊重并遵从施蛰存(或其同时代人)当时的写法,保留原貌,不改成"不约而同地"、"芝加哥"、"海明威"、"糅合"、"维他命"、"波德莱尔"等。

的文学;是一个将来的势力的先锋,而不是一个过去的势力的殿军。假如我们自己的新文学也是在创造的途中的话,那末这种新的势力的先锋难道不是我们最好的借镜吗?"①

诸多具有文学史意义的中国现代主义文学经典都刊发在《现代》杂志上,例如:

文学理论方面:戴望舒《望舒诗论》(第2卷第1期)、苏雪林《论李金发的诗》(第3卷第3期)、杜衡《望舒草序》(第3卷第4期)、穆木天《关于中国小说之研究的管见》(第4卷第2期)、苏雪林《论闻一多的诗》(第4卷第3期)、穆木天《我的诗歌创作之回顾》(第4卷第4期)、穆木天《王独清及其诗歌》(第5卷第1期)。

小说创作方面:穆时英小说《公墓》(创刊号)、《偷面包的面包师》(第1卷第2期)、《断了条胳膊的人》(第1卷第4期)、《上海的狐步舞》(第2卷第1期)、《夜总会里的五个人》(第2卷第4期)、《街景》(第2卷第6期)、《本

---

① 施蛰存:《美国现代文学专号导言》,《现代》第5卷第6期(1934年10月)。

埠新闻记事栏废稿中的一段故事》(第3卷第1期)、《父亲》(第4卷第3期)、《PIERROT》(第4卷第4—5期)、《烟》(第5卷第1期)、《玲子》(第6卷第1期);刘呐鸥小说《赤道下》(第2卷第1期);叶灵凤小说《紫丁香》(第2卷第1期)、《第七号女性》(第2卷第3期)、《流行性感冒》(第3卷第5期)、《忧郁解剖学》(第4卷第4期);黑婴小说《小伙计》(第5卷第3期);杜衡小说《蹉跎》(创刊号)、《怀乡病》(第1卷第2期)、《人与女人》(第1卷第5期)、《重来》(第2卷第1期)、《在门槛边》(第2卷第4期)、《荒村》(第3卷第2期)、《生存竞争》(第4卷第1期)、《失业》(第4卷第6期)、《再亮些》(第5卷第2—5期、第6卷第1期);徐讦小说《本质》(第4卷第2期)、《禁果》(第5卷第3期),等。

诗歌创作方面:李金发的《夜雨孤坐听乐外二章》(第2卷第1期)、《余剩的人类》(第2卷第3期),《诗四首》,包括《瘦的乡思》、《初恋的消失》、《无名的山谷》、《罗浮山》(第4卷第4期);戴望舒的《诗五篇》,包括《过时》、《印象》、《前夜》、《款步》、《有赠》(创刊号),《诗四篇》,包括《游子谣》、《秋蝇》、《夜行者》、《微辞》(第1卷第3期),

《诗二首》,包括《妾薄命》、《无题》(第1卷第6期),《乐园鸟及其他》,包括《乐园鸟》、《寻梦者》、《灯》、《深闭的园子》(第2卷第1期);朱湘的《诗二章》(第1卷第4期);侯汝华的《迷人的夜》(第2卷第4期)、《单峰驼》(第3卷第2期);李心若的《月和海》(第2卷第6期)、《音乐峰外六章》(第4卷第1期)、《失业者》(第4卷第5期);陈江帆的《诗二首》(第3卷第3期),《诗三首》,包括《恋女》、《夏的园林》、《秧尖绣的海》(第3卷第5期),《檐溜外五章》(第4卷第2期);林庚的《风沙之日》(第3卷第2期);金克木的《诗四首》(第3卷第1期),《诗二章》,包括《黄昏》、《灯前》(第3卷第6期),《旅人外四章》(第4卷第1期);徐迟的《诗拔萃》(第5卷第1期);何其芳的《诗二首》,包括《季候病》、《有忆》(第1卷第6期);臧克家的《诗三首》,包括《拾落叶的姑娘》、《愁苦和欢喜》、《当炉女》(第2卷第2期),以及南星、路易士等人的现代主义诗歌。

施蛰存也在《现代》上发表了大量的文学作品、文学评论及外国文学的译作。其中的小说,均署名施蛰存。

《残秋的下弦月》(创刊号);

《薄暮的舞女》(第1卷第2期);

《四喜子的生意》(第2卷第2期);

《汽车路》(第4卷第3期)。

其中的诗歌,除署名安华外,均署名施蛰存。

《意象抒情诗》,包括《桥洞》、《祝英台》、《夏日小景》、《银鱼》、《卫生》(第1卷第2期);

《即席口占》(第1卷第6期),署名安华;

《九月诗抄》,包括《嫌厌》、《桃色的云》、《秋夜之檐溜》(第2卷第1期)。

此外,还有大量的散文、杂文、杂论、文艺独白:

《无相庵随笔》四篇(创刊号),署名施蛰存;

《书与作者》(第2卷第3—5期),署名编者;

《怎样研究文学——复李夔龙》(第3卷第2期),署名编者;

《关于丁玲及本刊的目标》(第3卷第4期),署名编者;

答吴霆锐《关于本刊所载的诗》(第3卷第5期),署名施蛰存;

《文艺独白·又关于本刊中的诗》(第4卷第1期),

署名施蛰存;

《文艺独白·又一图》(第4卷第3期),署名施蛰存;

《文艺杂录·文坛展望》(第5卷第3期),署名编者;

《文艺独白·我与文言文》(第5卷第5期),署名施蛰存;

《文艺作品对于我的生活的影响·引言》(第6卷第1期),署名编者。

还有大量的署名施蛰存或编者的《编辑札记》、《编辑座谈》、《社中日记》、《编者缀语》、《社中谈座》、《独白开场》、《编后记》等,涉及杂志的编辑方针和文坛的创作趋势的简论,几乎每期都以不同的形式存在。

施蛰存还在《现代》上发表了许多译作和对外国文学的介绍:

现代派诗人的《夏芝诗抄》七首及《译夏芝诗赘语》(创刊号),署名安簃;

《美国三女流诗抄》(第1卷第3期),署名安簃;

《法国之文学海岸》(第1卷第4期),署名安华;

英国作家赫克恩莱的文论《新的浪漫主义》(第1卷第5期),署名施蛰存;

法国作家介绍《茹连·格林》(第1卷第5期),署名安华;

《约翰·高尔斯华绥著作编目》(第2卷第2期),署名惜薏;

匈牙利作家莫尔那的文章《钥匙》(第2卷第6期)署名惜薏;

美国意象派诗《桑德堡诗抄》(第3卷第1期),署名徐霞村、施蛰存;

论文《支加哥诗人卡尔·桑德堡》(第3卷第1期),署名施蛰存;

西班牙作家巴罗哈的现代派小说《深渊》(第3卷第2期),署名施蛰存;

法国作家核那尔《核那尔日记中的两个故事》、《核那尔日记中的两个故事·又》(第5卷第1期),署名安华;

美国作家巴伯特·陶逸志的诗论《诗歌往哪里去?》(第5卷第2期),署名施蛰存;

西班牙作家阿耶拉的小说《助教》(第5卷第3期),署名施蛰存;

海明威小说《瑞士顶礼》(第5卷第6期),署名李万鹤;

意象派诗歌《现代美国诗抄》(第5卷第6期),署名施蛰存;

《现代美国文坛杂话·刘易士夫人不容于德国》(第5卷第6期),署名安华;

《现代美国作家小传》(第5卷第6期),署名薛蕙;

《现代美国文学专号导言》(第5卷第6期),署名编者。

无论是自觉还是不自觉,无论是《现代》所刊发的文学作品、理论文章,还是作为主编的施蛰存自己的著述,都毋庸置疑地张扬出强烈的现代主义文学倾向。施蛰存自述:《现代》发行到第6卷的时候,他惊讶地发现,杂志上的诗歌已经不约而同地向着现代主义意象派这一目标靠拢了。虽然施蛰存还曾辩白:"我编《现代》,从头就声明过,决不想以《现代》变成我底作品型式的杂志,……但是,在纷纷不绝的来稿之中,我近来读到许多——真的是可惊的许多——应用古事题材的小说,意象派似的诗,固然我不敢说这许多投稿者都多少受了我的一些影响。"①事实上,《现代》杂志已经无可争辩地成为了孕育意象派诗歌乃至现代主义文学的摇篮。于是,施蛰存也不再隐讳自己对于西方现代主义的偏爱:"英国和美国两部分是一九二八至一九三五年间所译,那时正是意象派流行的时候,我也喜欢这一流在美国被称为'新诗'的作品,因而我所译的大多是意象派的诗。"②"我们受的影响,诗是后期象征派,小说是心理描写,这一类都是Modernist。"③

《现代》杂志倡导现代主义的文学倾向:第一,现代主义文学的诞生是历史发展的必然,它源于资本主义固有矛盾的日愈加剧以及由此带来的危机感和幻灭感,广大知识分子陷入了这种异常残酷的"伟力"之中不可自拔。如戴望舒说,世界大战以后的生活实是"憎恨,沉痛和艰苦在到处徘徊着。人们所接触到的一切东西,都是

---

① 施蛰存《编辑座谈》,《现代》第1卷第6期(1932年10月)。
② 施蛰存《〈域外诗抄〉序引》,《北山散文集》第三辑,上海:华东师范大学出版社2011年版,第1448页。
③ 施蛰存《为中国文坛擦亮"现代"的火花》,新加坡《联合早报》1992年8月20日。

涂着血的"。① 第二,现代主义文学思想的核心是现代社会物质文明和精神文明的危机,这种苦闷幻灭的情绪普遍地渗透在青年人的情感中,消灭了他们所有的梦想,"一切美好的名词,正义,公道,仁爱,光明,都在他们受了创伤的心上消灭了。他们所知道的只是残忍自私和丑恶,被暴露了的赤裸裸的世界的真象。不安、苦闷、失望、愤怒,在每个经过战争的少年人的心中充塞着。这种现象,反映在文艺上的便是战后欧洲光怪陆离的各式各样的新主义新运动"。② 施蛰存解释:"它们是现代人在现代生活中所感受的现代的情绪……所谓现代生活,这里面包含着各式各样独特的形态:汇集着大船舶的港湾,轰响着噪音的工场,深入地下的矿坑,奏着 Jazz 乐的舞场,摩天楼的百货店,飞机的空中战,广大的竞马场……甚至连自然景物也与前代的不同了。这种生活所给与我们的诗人的感情,难道会与上代诗人们从他们的生活中

---

① 倍尔拿·法意:《世界大战以后的法国文学》,戴望舒译,《现代》第 1 卷第 4 期(1932 年 8 月)。
② 叶灵凤:《作为短篇小说家的海敏威》,《现代》第 5 卷第 6 期(1934 年 10 月)。

所得到的感情相同的吗?"①第三,现代主义文学创作的指向由客观世界转向主观心理、感觉直觉乃至潜意识领域。这一表现重心的转移,是社会历史和文学文化发展的必然趋势。当人们无力或不愿面对现实世界的一切,便只能以内心世界作为情感的寄托。所以他们格外推崇主观性、心理性的艺术表现,推崇现代主义对人灵魂深处的潜意识形态的深入开发。施蛰存曾高度赞扬戴望舒翻译的法国现代主义作家雷蒙·拉该第的小说《陶尔逸伯爵的舞会》:"这部书实在是法国现代心理小说的最高峰。一九二四年法国文学史上的奇迹。作者是一个神童,在十九岁时完成了这样深刻泼剌的'大人'的心理小说。在这一部书出版之后,以前的所有的心理小说,引一句某批评家的话来说,就立刻都变成了'大人写的孩子的小说'了。"②第四,现代主义文学艺术强调感觉性、形式性、抽象性的形式表现。例如,赵家璧赞扬帕索斯的"新闻片"、"名人传记"、摄影机镜头和抒情诗的小说技巧;凌昌言赞

---

① 施蛰存:《文艺独白·又关于本刊中的诗》,《现代》第 4 卷第 1 期(1933 年 11 月)。
② 施蛰存:《社中谈座》,《现代》第 3 卷第 1 期(1933 年 5 月)。

扬福克纳"应用了许多分离的碎片来进行他的叙述,使读者有时候用这个人物的眼睛去看整个故事,而有时候又用另一个人物的眼睛去看"。① 戴望舒在署名江思的文章中借用未来主义代表作家马里奈谛的话来赞扬"抽象的美学"、"立体几何学"的艺术:"未来主义的艺术,在产生的时候是醉心于机械的。受人崇拜的机械是被视为新的艺术感的象征,泉源及支配者的。那时我在宣言上写着:'我们宣言,一辆有装着像喘气得要爆裂的蛇一样的粗管子的气箱的跑车,一辆有跑在榴霰弹上面的神气的怒吼着的汽车,是比沙莫特拉斯岛的胜利女神像都美丽。……明确而整洁的机械理想使我们不能抵抗地吸引我们。'"②

当然,《现代》作为"一个综合性的、百家争鸣的万华镜",编刊宗旨只在于倡导和提升"文学作品的本身价值",它在偏爱现代主义文学的同时,并不排斥任何一种文学上的思潮、主义或党派。如施蛰存说:"对于以前的

---

① 凌昌言:《福尔克奈——一个新作风的尝试者》,《现代》第5卷第6期(1934年10月)。
② 江思:《马里奈谛访问记》,《现代》第1卷第3期(1932年7月)。

我国的文学杂志,我常常有一点不满意。我觉得它们不是态度太趋于极端,便是趣味太低级。前者的弊病是容易把杂志的对于读者的地位,从伴侣升到师傅。杂志的编者往往容易拘于自己的一种狭隘的文艺观,……使新文学本身日趋于崩溃的命运。"①因而,《现代》刊发了大量能够体现"文学作品的本身价值"的优秀作品,尽管它们并不属于现代主义文学的范畴。例如,文论方面有:鲁迅的《论"第三种人"》(第2卷第1期)、《为了忘却的记念》(第2卷第6期)、《小品文的危机》(第3卷第6期),鲁迅译、[德]毗哈著《海纳与革命》(第4卷第1期);郁达夫的《现代小说所经过的路程》(第1卷第2期)、《光慈的晚年》(第3卷第1期);茅盾的《徐志摩论》(第2卷第4期)、《关于文学研究会》(第3卷第1期);周作人的《关于通俗文学》(第2卷第6期);周起应的《文学的真实性》(第3卷第1期);张资平的《曙新期的创造社》(第3卷第2期);李长之的《我对于文艺批评的要求和主张》(第3卷第4期)、《论目前中国批评界之浅妄》(第4卷第6

---

① 施蛰存:《编辑座谈》,《现代》第1卷第1期(1932年5月)。

期);侍桁的《〈子夜〉的艺术,思想及人物》(第4卷第1期)等。小说创作方面有:郁达夫的《马缨花开的时候》(第1卷第4期)、《迟桂花》(第2卷第2期);茅盾的《春蚕》(第2卷第1期)、《当铺前》(第3卷第3期);叶圣陶的《秋》(第2卷第1期);张天翼的《宿命论与算命论》(创刊号)、《蜜蜂》(第1卷第3期)、《仇恨》(第2卷第1期)、《丰年》(第2卷第6期)、《洋泾浜奇侠》(第3卷第2—6期、第4卷第2—5期)、《团圆》(第4卷第1期)、《温柔制造者》(第5卷第1期);巴金的《海底梦》(第1卷第1—3期)、《罪与罚》(第1卷第5期)、《电椅》(第2卷第1期)、《五十多个》(第2卷第5期)、《还乡》(第3卷第5期);老舍的《猫城记》(第1卷第4—6期、第2卷第1—6期)、《抓药》(第5卷第1期);靳以的《溺》(第1卷第6期)、《沉》(第2卷第5期)、《在"天堂"的人们》(第3卷第1期);沈从文的《扇陀》(第2卷第3期)、《女人》(第3卷第3期)、《爱欲》(第3卷第5期);丁玲的《奔》(第3卷第1期);沙汀的《土饼》(第3卷第2期)、《有财叔》(第3卷第6期);楼适夷的《死》(第3卷第2期);郑伯奇的《恳亲会》(第3卷第4期);艾芜的《南国之夜》(第4卷第3期),以及黎锦明、鲁彦、魏金枝、蒋牧良、彭家煌、林微音、叶紫、蹇先艾等人的小说。诗歌方面有：郭沫若《诗二首》,包括《夜半》、《牧歌》(第2卷第1期)；艾青《芦笛》(第3卷第1期)等。散文方面有：丰子恺《小白之死》(第2卷第3期)、《玻璃建筑》(第2卷第5期)；李健吾《福罗拜的故乡》(第4卷第1期)；周作人《苦茶随笔——性的知识》(第4卷第1期)；芦焚《风铃》(第4卷第2期),等。戏剧方面有：洪深《香稻米》(第4卷第2—4期),等。

另外,施蛰存在编辑《现代》的同时,还创办了《文艺风景》,他视《文艺风景》与《现代》两个文艺杂志为"姊妹交"。

施蛰存在《〈文艺风景〉创刊之告白》中说："在与杜衡先生合编《现代》之外,又在这里自己支撑起一个新杂志的局面来,也许有人会得诧异,为什么连这一点点精力都要分散开来？但我自己则不作如是想,我不过是多一个追逐理想的路径而已。这两个路径,将是两个不相同的路径。倘若我而以《现代》为官道,则《文艺风景》将是一条林荫下的小路。我们有驱车疾驰于官道的时候,也有策杖闲行于小径上的时候。我们不能给这两条路作一个轻重贵贱的评判,因为我们在生活上既然有严肃的时候,也有燕嬉的时候;有紧张的时候,也有闲散的时候;则在文艺的赏鉴和制作上,也当然可以有严重和轻倩这两个方面的。因为这样的见解,所以《文艺风景》与《现代》将是姊妹交的两个文艺月刊。倘若同时是两个杂志的爱护的主顾,他可以看得出今后的《现代》将日趋于严重整肃,而《文艺风景》则较为轻倩些。"①也许是《现代》杂志上引发的一些文学论争,让施蛰存感到有些心力交瘁了,他只想远离"严肃"的政治问题,去追逐一种闲散、恬淡的文学理想。

《文艺风景》1934年6月1日创刊,仅出版两期即停刊。在创刊号上,发表了署名施蛰存的《〈文艺风景〉创刊之告白》,杂文《书籍禁止与思想左倾》,随笔《谈奖券》、《编辑室偶记》;署名安华的译诗《英美小诗抄》;署名薛蕙的译文《娼女问答》([古希腊]路吉亚诺思)。1934年7月1日《文艺风景》的第1卷第2期,发表了署名施蛰存的译作《现代作家与将来之欧洲》([德]E.托莱尔),同时发表了《编辑室偶记》。

---

① 施蛰存:《〈文艺风景〉创刊之告白》,《文艺风景》创刊号(1934年6月)。

六

"文艺上自由主义"与"洋场恶少"

(1933年)

在20世纪30年代的文坛上,施蛰存始终坚持不偏不颇的自由主义文学立场。

施蛰存自言:"我开始筹编《现代》,首先考虑编辑方向。鉴于以往文艺刊物出版情况,既不敢左,亦不甘右,又不欲取咎于左右,故采取中间路线,尽量避免政治干预。无适无莫,即不偏不颇。"① 施蛰存解释,他们极力地去分开政治与文艺的界限:"我们几个人,是把政治和文学分开的。文学上我们是自由主义。所以杜衡后来和左翼作家吵架,就是自由主义文学论。我们标举的是,政治上左翼,文艺上自由主义。……《现代》杂志的立场,就是文艺上自由主义,但并不拒绝左翼作家和作品。当然,我们不接受国民党作家。"②

1932年至1933年间,文坛出现了关于"第三种人"的论争,《现代》无形之中成为此次论争的一个重要阵地。首先,胡秋原在《文化评论》的1931年12月25日创刊号

---

① 施蛰存:《浮生杂咏·六十二》,《沙上的脚迹》,沈阳:辽宁教育出版社1995年版,第213页。
② 施蛰存:《为中国文坛擦亮"现代"的火花》,新加坡《联合早报》1992年8月20日。

和1932年4月20日第4期,分别发表了《阿狗文艺论》和《勿侵略文艺》。随后,作为呼应,杜衡在1932年7月1日的《现代》第1卷第3期上发表了署名苏汶的文章《关于〈文新〉与胡秋原的文艺论辩》,从而引发了一场关于"自由人"、"第三种人"的论争,时间持续了一年多。在此期间,《现代》杂志陆续刊发了多篇双方论争的文章:

《现代》第1卷第6期(1932年10月)集中刊发了五篇文章:苏汶《"第三种人"的出路》、瞿秋白署名易嘉的《文艺的自由和文学家的不自由》、周扬署名周起应的《到底是谁不要真理,不要文艺?》、舒月《从第三种人说到左联》、苏汶《答舒月先生》;

《现代》第2卷第1期(1932年11月)有两篇文章:苏汶《论文学上的干涉主义》和鲁迅《论"第三种人"》;

《现代》第2卷第2期(1932年12月):胡秋原《浪费的论争》;

《现代》第2卷第3期(1933年1月)有三篇文章:冯雪峰署名洛扬的《并非浪费的论争》、冯雪峰署名丹仁的《关于"第三种文学"的倾向与理论》、苏汶《一九三二年的文艺论辩之清算》;

《现代》第2卷第4期(1933年2月):杨邨人《揭起小资产阶级革命文学之旗》;

《现代》第2卷第5期(1933年3月):苏汶《批评之理论与实践》;

《现代》第3卷第1期(1933年5月):周扬署名周起应的《文学的真实性》;

《现代》第3卷第6期(1933年10月):鲁迅《小品文的危机》等。

在论争中,胡秋原主张超阶级、超社会的文学自由论:"文学与艺术,至死也是自由的,民主的。……将艺术堕落到一种政治的留声机,那是艺术的叛徒。艺术家虽然不是神圣,然而也决不是叭儿狗。"①苏汶表面上既反对胡秋原的"知识阶级的自由人",也反对"不自由的,有党派的"左翼文坛,貌似以"第三种人"的立场在倡导"彻底的自由主义","在'知识阶级的自由人'和'不自由的,有党派的'阶级争着文坛的霸权的时候,最吃苦的,却是

---

① 胡秋原:《阿狗文艺论》,《文化评论》创刊号(1931年12月)。

这两种人之外的第三种人"。①"文学之所以会往往不能完成他的对人生的永久的任务者,我们与其委诸于作家之无能,却还不如说是为了某种政治势力的干涉之故。"②瞿秋白的观点针锋相对:"有阶级的社会里,没有真正的实在的自由。当无产阶级公开的要求文艺的斗争工具的时候,谁要出来大叫'勿侵略文艺',谁就无意之中做了伪善的资产阶级的艺术至上的'留声机'。"③鲁迅也犀利地批判了以苏汶为代表的"第三种人":"生在有阶级的社会里而要做超阶级的作家,生在战斗的时代而要离开战斗而独立,生在现在而要做给与将来的作品,这样的人,实在也是一个心造的幻影,在现实世界上是没有的。要做这样的人,恰如用自己的手拔着头发,要离开地球一样,他离不开,焦躁着,然而并非因为有人摇了摇头,使他

---

① 苏汶:《关于〈文新〉与胡秋原的文艺论辩》,《现代》第1卷第3期(1932年7月)。
② 苏汶:《论文学上的干涉主义》,《现代》第2卷第1期(1932年11月)。
③ 易嘉:《文艺的自由和文学家的不自由》,《现代》第1卷6期(1932年10月)。

不敢拔了的缘故。"①关于这场讨论,施蛰存没有发表任何相关的理论文章,并自称保持编者的"不介入"态度,但其立场也是显而易见的。他坚守文学上的自由主义、自我主义,强调文学不必与政治发生关系,并且赞同苏汶的观点。"苏汶先生交来《论文学上的干涉主义》。关于这个问题,颇引起了许多论辩,我以为这实在也是目前我国文艺界必然会发生的现状。凡是进步的作家,不必与政治有直接的关系……每个人都至少要有一些 Egoism,这也是坦然的事实。我们的进步的批评家都忽略了这事实,所以苏汶先生遂觉得非一吐此久鲠之骨不快了。"②后来,施蛰存为此作过解释:"我写这一段话,只有两个目的:其一是想结束这一场论辩,其二是作一个政治表态。所谓'不必与政治有直接的关系',意思是说'不是党员'。……Egoism 这个字用得很不合适,我的意思是指作家个人的自由。"③对于自身所卷入的这场"第三种人"的文艺论争,施蛰存自嘲:"粉腻脂残饱世情,况兼疲病损

---

① 鲁迅:《论"第三种人"》,《现代》第 2 卷第 1 期(1932 年 11 月)。
② 施蛰存:《社中日记》,《现代》第 2 卷第 1 期(1932 年 11 月)。
③ 施蛰存:《〈现代〉杂忆》,《新文学史料》1981 年第 1 期。

心兵。十年一觉文坛梦,赢得洋场恶少名。拂袖归来,如老妓脱籍,粉腻脂残。儒林外史,阅历不少。又忽患肝胆之疾,偃卧数月,雄心消尽。自一九二八年至一九三七年,混迹文场,无所得益。所得者惟鲁迅所赐'洋场恶少'一名,足以遗臭万年。"①

1933年,文坛还发生了一场令人注目的鲁迅与施蛰存的交锋。事件的缘起是,1933年9月,《大晚报》编辑请施蛰存填写"目下在读什么书"并为青年介绍阅读书目,施蛰存在"要介绍给青年的书"一项中写了《庄子》与《文选》,并附加注脚:"为青年文学修养之助。"随后,1933年10月6日,鲁迅以丰之余的笔名在《申报·自由谈》发表了《感旧》(后收入《准风月谈》时改题为《重三感旧——一九三三年忆光绪朝末》),批评"劝人看《庄子》与《文选》"的人是"缺少辫子"的"老新党",是新瓶装旧酒。施蛰存看后,立刻觉得"丰先生这篇文章是为我而作的了",便在1933年10月8日《申报·自由谈》上发表《〈庄子〉

---

① 施蛰存:《浮生杂咏·六十八》,《沙上的脚迹》,沈阳:辽宁教育出版社1995年版。

与〈文选〉》。于是,鲁迅与施蛰存之间的论争便展开了。在论争中,施蛰存连续写了《推荐者的立场——〈庄子〉与〈文选〉之论争》、《突围》(在"突围"的总题下包含多个子题,分期刊载于《申报·自由谈》1933 年 10 月 29 日、10 月 30 日、10 月 31 日、11 月 1 日)、《致黎烈文先生书——兼示丰之余先生》等文章申述自己的观点,鲁迅也不间断地写了《感旧》(收入《准风月谈》时改题为《重三感旧——一九三三年忆光绪朝末》、《"感旧"以后(上)》、《"感旧"以后(下)》、《扑空》、《答"兼示"》、《中国文与中国人》、《反刍》、《难得糊涂》、《古书中寻活字汇》等多篇文章对施蛰存进行抨击。

首先,鲁迅的《感旧》发表于 1933 年 10 月 6 日,文章批评施蛰存对《庄子》与《文选》的推崇,是对于"骸骨的迷恋",是"缺少辫子"的"老新党"。"有些新青年,境遇正和'老新党'相反,八股毒是丝毫没有染过的,出身又是学校,也并非国学的专家,但是,学起篆字来了,填起词来了,劝人看《庄子》与《文选》了,信封也有自刻的印版了,新诗也写成方块了,除掉做新诗的嗜好之外,简直就如光绪初年的雅人一样,所不同者,缺少辫子和有时穿穿洋服而已。"①施蛰存于10月8日发表了《〈庄子〉与〈文选〉》进行反驳,他既是在"辩难"、"解释"自己推荐书目的缘由,同时也在讽刺鲁迅不过是"新瓶装旧酒":"第一,我应当说明我为什么希望青年人读《庄子》和《文选》。近数年来,我的生活,从国文教师转到编杂志,与青年人的文章接触的机会实在太多了。我总感觉到这些青年人的文章太拙直,字汇太少,所以在《大晚报》编辑寄来的狭狭的行格里推荐了这两部书。我以为从这两部书中可以参悟一点做文章的方法,同时也可以扩大一点字汇。……第二,我应当说明我只是希望有志于文学的青年能够读一读这两部书。我以为,每一个文学者必须要有所借助于他上代的文学……像鲁迅先生那样的新文学家,似乎可以算是十足的新瓶了。但是他的酒呢?纯粹的白兰地吗?我就不能相信。没有经过古文学的修养,鲁迅先生的新文章决不会写到现在那样好。所以,我敢说,在鲁迅先生那样的瓶子里,也免不了有许多五加皮或绍兴老酒的

---

① 鲁迅:《感旧》,《申报·自由谈》1933年10月6日。

成分。"①

  随后,鲁迅于10月15日和16日连续发表了《"感旧"以后(上)》《"感旧"以后(下)》等文章,毫不留情地回击施蛰存。鲁迅以署名丰之余的文章说,施蛰存以为《感旧》的文章"是为他而发的",诚然是"神经过敏",《感旧》"内中所指,是一大队遗少群的风气,并不指定着谁和谁;但也因为所指的是一群,所以被触着的当然也会不少,即使不是整个,也是那里的一肢一节,即使并不永远属于那一队,但有时是属于那一队的"。② 在这篇文章中,鲁迅从三个方面具体批评了施蛰存:第一,鲁迅直接把施蛰存划入了"第三种人"之列,进行了含沙射影的讽刺。即,施蛰存说鲁迅用"瓶和酒"来比"文学修养"是不对的。那么,"新文学"和"旧文学"之间就不能有"截然的分界","有些新青年可以有旧思想,有些旧形式也可以藏新内容",正因为不能以"何者为分界",所以也就没有了"第三种人"的立场。第二,针对施蛰存关于"写篆字"的辩解进

---

① 施蛰存:《〈庄子〉与〈文选〉》,《申报·自由谈》1933年10月8日。
② 鲁迅:《"感旧"以后(上)》,《申报·自由谈》1933年10月15日。

行批判。施蛰存在《〈庄子〉与〈文选〉》一文中辩白,写篆字、填词、自刻印版的信封"其实只是个人的事情",新文学作家中也有很多人在玩木刻,考究版本,收罗藏书票,以骈体文为白话书信作序,甚至写字台上陈列了小摆设,并没有企图"要以'今雅'立足于天地之间"。鲁迅说,既然"都是个人的事情",就不要去"勉强别人也做一样的事情",中学生和投稿者都没有因为自己"文章太拙直,字汇太少",而勉强别人都去做"字汇少而文法拙直"的文章,施蛰存也不应该以《庄子》与《文选》去"劝青年"。第三,针对施蛰存说"鲁迅的新文章"也蕴藉着"古文学的修养",鲁迅说,好像施蛰存认为鲁迅本人的"一切文章"都"承接了庄子的新道统",好像都是"读《庄子》与《文选》读出来的","我以为这也有点武断"。说得"露骨一点",如此这般"从这样的书里去找活字汇,简直是糊涂虫"。在这里,"神经过敏"、"遗少群"的"一肢一节"、"顽固的遗少群"、"糊涂虫"等骂名接踵而来。当然,施蛰存对于鲁迅的批评和讽刺,并没有善罢甘休。10月18日,施蛰存写了《推荐者的立场——〈庄子〉与〈文选〉之论争》(发表于10月19日的《大晚报·火炬》)进行申辩,同时挖苦鲁迅:"我在贵报向青年推荐了两部旧书,不幸引起了丰之余先生的训诲,把我派做'遗少中的一肢一节'。……劝新青年看新书自然比劝他们看旧书能够多获得一些群众。丰之余先生毕竟是老当益壮,足为青年人的领导者。至于我呢,虽然不敢自认为遗少,但的确已消失了少年的活力。……所以,我想借贵报一角篇幅,将我在九月二十九日贵报上发表的推荐给青年的书目改一下:我想把《庄子》与《文选》改为鲁迅先生的《华盖集》正续编及《伪自由书》。我想,鲁迅先生为当代'文坛老将',他的著作里是有着很广大的活字汇的。"① 在同一篇文章中,施蛰存还表示出想退出论战的意向:两个人在报纸上作文字战,正如"弧光灯下的拳击手",而报纸编辑正如那"赶来赶去的瘦裁判",读者就是那些"在黑暗里的无理智的看客",裁判总希望拳击手一回合一回合地打下去,直到一个人倒下去,自己不想为了瘦裁判和看客"继续扮演这滑稽戏"了。

接下来,鲁迅的态度应该是十分愤怒了。他于 10 月

---

① 施蛰存:《推荐者的立场——〈庄子〉与〈文选〉之论争》,《大晚报·火炬》1933 年 10 月 19 日。

20日以丰之余的署名写了《扑空》,直接针对施蛰存10月18日所写的《推荐者的立场——〈庄子〉与〈文选〉之论争》进行批判:施蛰存的不愿意继续"论争",是"很聪明的见解"。但施蛰存"并非真没有动手",而是在说"退场白"之前,"早已挥了几拳了",挥拳之后便"飘然远引",倒是"最超脱的拳法",所以自己必须"回一手",算是在"打'逍遥游'"。鲁迅不依不饶地直指施蛰存推荐《庄子》与《文学》的核心,主要在于施蛰存的"遗少气,遗老气,甚而至于封建气"。鲁迅说,在这"生当乱世"的时候,"谈古典,论文章,儒士似的,却又归心于佛,而对于子弟,则愿意他们学鲜卑语,弹琵琶,以服事贵人——胡人。……则在中国社会上,实是一个严重的问题,有荡涤的必要。……但他竟毫不提主张看《庄子》与《文选》的较坚实的理由,毫不指出我那《感旧》与《"感旧"以后(上)》两篇中间的错误,他只有无端的诬赖,自己的猜测,撒娇,装傻。几部古书的名目一撕下,'遗少'的肢节也就跟着渺渺茫茫,到底是现出本相:明明白白的变成了'洋场恶少'了"。① 对于

---

① 鲁迅:《扑空》,《申报·自由谈》1933年10月23、24日。

施蛰存在文章中所说关于"鲁迅先生为当代'文坛老将'"、推荐《华盖集》正续编及《伪自由书》"的言论,鲁迅显得有些不屑了,觉得施蛰存"有些语无伦次了"。施蛰存于10月20日发表了《致黎烈文先生书——兼示丰之余先生》,进一步解释自己当时填写《大晚报》编辑部寄来的表格时的态度,并不如丰先生"所看出来的那样严肃":不是说每一个青年必须看这两部书,也不是说每一个青年只要看这两部书,也并不是说只有这两部书想推荐。如果早知道竟会闯出这样大的文字纠纷来,即使《大晚报》副刊编者崔万秋先生磕头也不会写的。同时施蛰存也在申辩:既然丰先生说,"有些新青年可以有旧思想,有些旧形式也可以藏新内容",那么像自己这样的"遗少之群中的一肢一节"有旧思想也可以"存而不论"了,自己写《庄子》那样的古文"也不妨"了。自己劝青年看《庄子》与《文选》,只是"以一己的意见供献给青年,接受不接受原在青年的自由"。因为"鲁迅先生就没有反对青年读古书过",自己便是"只想请不反对青年从古书求得一点文学修养的鲁迅先生来帮帮忙"。文章最后,施蛰存无奈地说:"对于这'《庄子》与《文选》'的问题我没有要说的话了。……我不想使自己不由自主地被卷入漩涡,所以我不再说什么话了。昨晚套了一个现成偈语:此亦一是非,彼亦一是非。唯无是非观,庶几免是非。"①

在这些论争间,施蛰存还说过:"我赞成大众文学,尽可能地以浅显的文字供给大众阅读,但那是文学的一个旁支。"②"我想至少还有许多自然景物,个人情感,宫室建筑,以及在某种情况之下专用的名词或形容词之类还不妨从《文选》之类的书中去找来用。"③施蛰存的这些观点同样都遭到鲁迅的严厉批判。鲁迅说:"现在却有人以为'汉以后的词,秦以前的字,西方文化所带来的字和词,可以拼成功我们的光芒的新文学'。这光芒要是只在字和词,那大概像古墓里的贵妇人似的,满身都是珠光宝气了。人生却不在拼凑,而在创造,几千百万的活人在创造。可恨的是人生那么骚扰忙乱,使一些人'不得其地以

---

① 施蛰存:《致黎烈文先生书——兼示丰之余先生》,《申报·自由谈》1933年10月20日。
② 施蛰存:《〈突围〉之四》(答曹聚仁),《申报·自由谈》1933年10月30日。
③ 施蛰存:《〈突围〉之五》(答梁园东及致立),《申报·自由谈》1933年10月30日。

窜',想要逃进字和词里去,以求'庶免是非',然而又不可得。真要写篆字刻图章了!"①"古书中寻活字汇,是说得出,做不到的,他在那古书中,寻不出一个活字汇。"②

鲁迅对于自己的文学立场和思想观点的捍卫是毫不妥协的,对施蛰存的批评也是不屈不挠的。他连续写了《答"兼示"》、《中国文与中国人》、《反刍》、《难得糊涂》、《古书中寻活字汇》、《文人相轻》等多篇文章,自始至终坚持反对青年去熟读古书:"但我总以为现在的青年,大可以不必舍白话不写,却另去熟读了《庄子》,学了它那样的文法来写文章。"③鲁迅认为倡导文言文是对五四运动的"反刍":"五四运动的时候,保护文言者是说凡做白话文的都会做文言文,所以文言也得读。现在保护古书者是说反对古书的也在看古书,做文言,——可见主张的可笑。永远反刍,自己却不会呕吐,大约真是读透了《庄子》了。"④

---

① 鲁迅:《难得糊涂》,《申报·自由谈》1933年11月24日。
② 鲁迅:《古书中寻活字汇》,《申报·自由谈》1933年11月9日。
③ 鲁迅:《答"兼示"》,《申报·自由谈》1933年10月26日。
④ 鲁迅:《反刍》,《申报·自由谈》1933年11月7日。

面对鲁迅一系列尖锐、犀利的批判,施蛰存似乎感到有些委屈了,并且显得力不从心、无法招架了。10月27日施蛰存写《突围》(发表于《申报·自由谈》1933年10月31日、11月1日)表示:"对于丰之余先生,我的确曾经'打了几拳',这也许会成为我毕生的遗憾。但是丰先生作《扑空》,其实并未'空',还是扑的我,站在丰先生那一方面(或者说站在正邪说那方面)的文章却每天都在'剿'我,而我却真有'一个人的受难'之感了。……我以前对于丰先生,虽然文字上有点太闹意气,但的确还是表示尊敬的,但看到《扑空》这一篇,他竟骂我为'洋场恶少'了,切齿之声,俨若可闻。我虽'恶',却也不敢再恶到以相当的恶声相报了。"①

施蛰存与鲁迅之间的论争主要是源于各自不同的政治立场和文学态度。施蛰存坚持自由主义的文学立场,劝青年读《庄子》与《文选》,读古书,读文言文,其目的只在于对中国古代文学传统的积极学习和努力接受,即:"中国的文学,是整个的中国文学,它并没有死去过……

---

① 施蛰存:《〈突围〉之八》,《申报·自由谈》1933年10月31日。

至于《庄子》与《文选》,虽然并不是属于我们这时代中的产物,但它也正如我们现在创造着的文学作品一样,是整个中国文学中的一部分。……我想请并世诸作家自己反省一下,在他现在所著的文学作品中,能说完全没有上代文学的影响或遗迹吗?"①鲁迅是站在无产阶级革命文学的立场上,强调青年们应该"立足"于中华民族生死危亡的"生存竞争"的现实存在,"立足"于自我的生存发展及其所肩负的政治责任、历史使命,不应逃避"活的生活"去沉溺于"感旧"之中,去"以'古雅'立足于天地之间"。②同时,鲁迅也强调,必须顺应新文学历史发展的进步趋势,积极维护五四新文化运动所倡导的拥护白话文、反对文言文的光荣传统,不能再以"古书"、"文言"作为"模仿的格式",不能"舍白话不写,却另去熟读了《庄子》"。③

当然,施蛰存与鲁迅之间的论争,也存在着"闹意气"的因素。施蛰存自己当时也承认论争之中有年轻气盛的原因。"凡是动了意气的争辩文字,写的时候总是爽快

---

① 施蛰存:《我与文言文》,《现代》第5卷第5期(1934年9月)。
② 鲁迅:《感旧》,《申报·自由谈》1933年10月6日。
③ 鲁迅:《答"兼示"》,《申报·自由谈》1933年10月26日。

的,但刊出了之后不免要后悔。我从来没有与人家作过'无谓'或'有谓'的论争,不幸《自由谈》却惹出了我第一篇意气文字,刊出之后,我就有一点觉得后悔,虽然已近中年,犹恨其少气未脱。"①

---

① 施蛰存:《〈突围〉之一》,《申报·自由谈》1933年10月29日。

七

《梅雨之夕》、《善女人行品》与"中国现代小说的先驱"

(1933年)

施蛰存说：1928年到1937年间，"我热心于做作家，以文学创作为我一生的事业。在那一段时期，我把我所写的诗和小说看作是我文学创作道路的起点。在主题选择和创作方法等各方面，我还在摸索阶段。我想逐步地走出一条自己的道路，创造自己的文学风格。……严家炎教授根据五十年前适夷同志的分类法，把我的作品归入'新感觉派'，承认它是现代文学流派之一，是具有现代文化的代表性的。美国芝加哥大学的李欧梵教授在台湾的《联合文学》上介绍我的旧作，封我为'中国现代小说的先驱'。"[①]

1931年8月10日，施蛰存的小说《在巴黎大戏院》（《小说月报》22卷8号）发表，9月10日，又发表了小说《魔道》（《小说月报》22卷9号），在文坛上产生了热烈的反响。

楼适夷说："在这儿很清晰地窥见了新感觉主义文学的面影……这便是金融资本主义底下吃利息生活者的文

[①] 施蛰存：《〈十年创作集〉引言》，《十年创作集》，上海：华东师范大学出版社2011年版，第636页。

学,这种吃利息生活者,完全游离了社会生产组织,生活对于他,是为着消费与享乐而存在的……他们深深地感到旧社会的崩坏,但他们并不因这崩坏感到切身的危惧,他们只是张着有闲的眼,从这崩坏中发现新奇的美,用这种新奇的美,他们填补自己的空虚。……作者却不肯坚决地,找自己的生活,找自己的认识,只图向变态的幻象中作逃避,这实在是很不幸的事。"[1]钱杏邨说,施蛰存小说"一面是显示了中国创作中的一种新的方面,新感觉主义;一面却是证明了曾经向新的方面开拓的作者的'没落'"[2]。施蛰存说:"因了适夷先生在《文艺新闻》上发表的夸张的批评,直到今天,使我还顶着一个新感觉主义者的头衔。我想,这是不十分确实的。我虽然不明白西洋或日本的新感觉主义是什么样的东西,但我知道我的小说不过是应用了一些 Freudism 的心理小说而已。"[3]

---

[1] 楼适夷:《施蛰存的新感觉主义——读了〈在巴黎大戏院〉与〈魔道〉之后》,《文艺新闻》第33期(1931年10月26日)。
[2] 钱杏邨:《一九三一年中国文坛的回顾》,《北斗》1932年第2卷第1期。
[3] 施蛰存:《我的创作生活之历程》,《灯下集》,北京:开明出版社1994年版,第62页。

1933年3月3日,施蛰存作《〈梅雨之夕〉自跋》,短篇小说集《梅雨之夕》由上海新中国书局于1933年3月出版。书前有自跋,内收短篇小说十篇:《梅雨之夕》、《在巴黎大戏院》、《魔道》、《李师师》、《旅舍》、《宵行》、《薄暮的舞女》、《夜叉》、《四喜子的生日》、《凶宅》。作者说:"当时我想,《梅雨之夕》这一篇,在《上元灯》中是与其他诸篇的气氛完全不同的,但它与《在巴黎大戏院》及《魔道》这两篇却很接近,因为它们都是描写一种心理过程的……在写这几篇小说的期间,我没有写别的短篇。我曾决定沿着这一方向做几个短篇,写各种心理,而脱去《将军的头》这一集中的浪漫主义。……我还想利用一段老旧的新闻写出一点新的刺激的东西来。这就是《凶宅》。读者或许也会看得出我从《魔道》写到《凶宅》,实在是已经写到魔道里去了。现在我把这几篇东西编成我的第三个短篇集。我向读者说明我写成这一集中各篇时的心境,目的是要读者知道我对于这里几个短篇的自己的意见,并且要告诉读者,我已得到了一个很大的教训:'硬写是不会有好效果的。'可不是?"①

1933年11月16日,施蛰存作《〈善女人行品〉序》,短篇小说集《善女人行品》由上海良友图书印刷公司于1933年11月出版,后收入赵家璧主编的"良友文学丛书"。书前有序,收1930年1月至1933年1月期间所写的十二个短篇:《狮子座流星》、《雾》、《港内小景》、《残秋的下弦月》、《莼羹》、《妻之生辰》、《春阳》、《蝴蝶夫人》、《雄鸡》、《阿秀》、《特吕姑娘》、《散步》。施蛰存说:"因为自己正在想写几篇完全研究女人心理及行为的小说……这四年中,我写短篇的方法,似乎也有一些变化,就是在本书的各篇中,读者也许会看出它们是有着不同调的地方来,但是因为本书各篇中所被描绘的女性,几乎可以说都是我今年来所看见的典型,虽然在不同的季节,不同的笔调之下,但是把它们作为我的一组女体习作绘,在这个意义中,它们仍然可以有编在一集中的和谐性的。"②

---

① 施蛰存:《自跋》,《梅雨之夕》,上海:新中国书局1933年版,第1页。
② 施蛰存:《序》,《善女人行品》,上海:上海良友图书印刷公司1933年版,第1页。

从《上元灯》到《将军的头》,再到《梅雨之夕》和《善女人行品》,施蛰存的小说创作发生了方向性的转型。《上元灯》是以浪漫的温馨和恬淡的心情写江南农村静穆和平的美丽故事,随后施蛰存很快感觉到,"当时的一种情绪已经渐就泯灭,我不再能够写到如《周夫人》、《栗,芋》那样舒缓的文章了"。①《将军的头》作为"开辟一条创作的新蹊径"的尝试,是在努力借用弗洛伊德"里比多"的理论公式去"描写一种性欲心理"。《在巴黎大戏院》、《魔道》的问世,可以看出施蛰存是在继续沿袭着心理分析的创作方向发展,但逐渐脱离了《将军的头》对弗洛伊德"里比多"理论公式的牵强模仿,其创作理念和创作方法逐渐走向成熟,并被人冠以"新感觉主义"的头衔了。

《梅雨之夕》和《善女人行品》两部短篇小说集标志着施蛰存小说创作的现代主义文学方向的进一步巩固和确立,同时也昭示出中国现代派小说或称新感觉派小说的叙事模式即是一种以施蛰存小说为代表的心理分析的小说模式。

---

① 施蛰存:《〈上元灯〉改编再版自序》,《北山散文集》第三辑,上海:华东师范大学出版社 2011 年版,第 1282 页。

首先,主观性、内向性是施蛰存小说创作的宗旨。他竭力地去写人的心理或人的"各种心理",并且力图从弗洛伊德心理分析的视角切入,对人的灵魂深处的潜意识进行挖掘和表现。如其后来解释:"把我的小说说成是'心理小说',实际上是不对的。他们不知道心理和心理分析的不同。心理小说是老早就有的,十七、十八世纪就有的。Psychoanalysis(心理分析)是二十世纪二十年代的东西。我的小说应该是心理分析小说。因为里头讲的不是一般的心理,是一个人心理的复杂性,它有上意识、下意识,有潜在意识。"① 施蛰存的小说大都从潜意识的视角来表现人内在心理的矛盾性,它们多以中国社会现实特别是20世纪30年代上海这一具体环境作为人物活动的生活背景和心理基础,作者正是通过这畸形发展的工业文明、道德沦丧、信仰危机等时代特征来剖析中国青年知识分子当时的"各种心理"。例如,《妻之生辰》是表现金钱以其颠覆一切的巨大神力威慑着每一个人,自我

---

① 施蛰存:《为中国文坛擦亮"现代"的火花》,新加坡《联合早报》1992年8月20日。

的价值、尊严、理想都被金钱亵渎,圣洁的爱情也被金钱无情地践踏。在婚前,"我们"的"自由恋爱"是那么美妙,带有"田园诗般"的"神秘的光轮"。在婚后,每个月的薪金连支付米、面、电费都不够,还谈什么爱情呢!在妻的生日这一天,"我"一心要买一个理想的"礼物",作为"赎罪的一个机会"。可是连一束鲜花也买不起的"我"只能两手空空地站到了妻的面前,崇高的爱情也只剩下"一种空虚的惆怅"。《蝴蝶夫人》是表现"科学事业"对爱情的扼杀。李约翰博士是一位昆虫教授,他曾用美妙动人的蝴蝶故事编织了与同事妹妹的爱情,使她成了自己的太太。婚后,"迂腐"的他还把兴趣放在蝴蝶上面,有着"会花钱"的"美德"的太太便由精力旺盛的体育教授陈君哲来陪伴了。《残秋的下弦月》、《散步》、《港内小景》等,也都是在表现各种异己强力对爱情的摧残,纯洁美丽的爱情就像残秋的下弦月一样,日趋冷清,逐渐残尽。

其次,弗洛伊德人格理论公式是施蛰存小说构筑故事情节的主要基础。他大多依据弗洛伊德"里比多"理论公式来编织小说的主要矛盾冲突。施蛰存后来曾为此作过说明:"心理治疗方法在当时是很时髦的,我便去看弗洛伊德的书。当时英国的艾里斯出了一部'Psychology of Sex'(《性心理学》),四大本的书,对弗洛伊德的理论来个大总结和发展,文学上的例子举了不少。我也看了这套书。所以当时心理学上有了这新的方法,文艺创作上已经有人在受影响,我也是其中一个。……英雄人物是彻头彻尾的英雄,从内心到外表都是英雄思想。哪有这种人?有些英雄是经过理智的思考,而表现出他的英雄行为,有些英雄行为是偶然的。还有些英雄,做了英雄的行为,肚子里是不高兴的,因为违反了他自己真正的思想。这种心理状态……没有经过弗洛伊德的解释,人的心理的真正情况,是不明白的。"[1]在施蛰存看来,里比多作为性本能的象征,其本质类似饥饿不甘束缚,而现代社会文明的理性制约对其造成的诸多压抑,形成现代人的性格矛盾及扭曲变态。弗洛伊德人格结构理论中的里比多与超我的矛盾冲突,无情地揭去了人的外在伪饰,打破了中国传统的道德规范和认知模式,它以一种分裂的、功

---

[1] 施蛰存:《为中国文坛擦亮"现代"的火花》,新加坡《联合早报》1992年8月20日。

罪杂间的心理形式来展示个体自我的真实存在和内在心理的矛盾创伤。其小说的情节冲突大多体现为人物自身二重性格相互矛盾的两个方面，一方是以"超我"为代表的社会理性或道德力量，另一方是以"里比多"为代表的潜意识的桀骜不驯，两者之间的矛盾碰撞深刻地揭示了20世纪30年代青年知识分子的人生困境和心理迷惘，以及人的形象如何变得卑微猥琐，人的尊严如何丧失殆尽。例如，《散步》是表现青年绅士们的"口不应心的、分裂为二的、自相矛盾的"二重性的情爱心理。主人公刘华德爱自己的妻子，希望用"散步"来作"爱情的养料"。可是当妻子来到面前，他只感到"近于失恋那样的悲哀"；而当面对旧情人时，他却享受了扑面而来的"适兴的自由"。《港内小景》表现的是另一番青年绅士的爱情"小景"。丈夫本来厌恶妻子，可自从妻子吐了一大口鲜血患了严重肺病以后，他的态度骤然间变了，由异常的"粗暴"变得"十分柔和而亲热了"。这样一来，他可以用极少时间服侍卧床不起的妻子，用更多精力去从事"新生"的"恋爱"。《在巴黎大戏院》是直接呈现性本能的变态，作品以内心独白的方法写出，"我"既"热烈"地爱恋着美丽的少女，又置身于对"温柔的可怜"的妻子的负心之中,对少女如醉如痴的追求与对妻子愈演愈烈的内疚使"我"无所适从。在电影院的黑暗空间里,被压抑的"里比多"终于释放出来:"我"一会儿沉溺在少女身上传来的"怪好闻的""香味"之中,一会儿又在"猜想"她换内衣的情景。"狂妄的推想"逐渐膨胀,"我"借助影院里的黑暗以吃冰淇淋为借口,向她借手帕擦嘴,并尽情地吮吸,甚至里边的汗、痰和鼻涕,也让"我"感到"真是新发明的美味啊"!

再次,施蛰存小说自由娴熟地运用了内心独白、自由联想、直觉、幻觉、意识流等多种现代主义手法,并把这诸多现代主义表现手法同现实主义、浪漫主义艺术结合起来。施蛰存曾介绍自己当时的创作状态:"我的创作兴趣是一面承袭了《魔道》,而写各种几乎是变态的,怪异的心理小说,一面却又追溯到初版《上元灯》里的那篇《妻之生辰》而完成了许多以简短的篇幅,写接触于私人生活的琐事,及女子心理的分析的短篇。"[①]施蛰存小说既充分借

---

① 施蛰存:《我的创作生活之历程》,《灯下集》,北京:开明出版社 1994年版,第 62 页。

鉴移植了感觉、直觉、潜意识等主观性、抽象性、形式性的表现手法,又把浪漫主义和现实主义的因素都渗透到文学创作之中。在施蛰存的小说艺术中,既有潜意识的直接表现,又有现实性的肥沃土壤;既有想象幻觉的虚无缥缈、变幻莫测,又有心理情感的真实依据;既有错觉、梦魇的颠倒混乱、荒诞恐怖,又有内心秩序的逻辑轨道。其中,潜意识的突兀多变十分巧妙地与社会理性的自觉、自控结合起来。例如《梅雨之夕》便是这样一篇表现潜意识的艺术佳作。主人公"我"心灵中种种不可治愈的精神创伤越聚越多、愈演愈烈,以致冲开理性的闸门,形成变化多端的错觉、遐想。那是在一个下着雨的都市的傍晚。"我"撑着伞在滴沥的雨中闲行,荣幸地邂逅一位美丽的少女。这时,濛雾的道路上倒映着黄色的灯光,幽冥的天空飘着细细的雨丝,"我"和这美丽少女同撑着一把伞并肩而行。"我竭力做得神色泰然",然而"这勉强的安静的态度后面藏匿着我底血脉之急流"。就在这"血脉之急流"的自由驰骋中,忽而是错觉:"身旁并行的女子变成了我初恋的那个少女";忽而是遐想:自己和这少女仿佛置身在日本画伯铃木春信的《夜雨宫诣美人图》之中;忽而,道旁倚在一家柜台上的女子是"我底妻";忽而,家中自己的妻子又是那倚在柜台上的女子。这一系列的错觉和遐想,都可谓弗洛伊德理论中"心理错失"的绝妙写照。那美丽少女,只是一个契机,它拨动了人物内心深处的精神创伤,释放了被囚禁的"里比多","初恋的少女"、"美女的情人"等幻象便以潜意识的形式表现出来,它们似是而非、是非颠倒,却体现了更深刻的心理真实。纵观整个作品,主人公下班、走在路上、巧遇、分别、回家,所有的行为动作都是完整、顺序的,其思想意识也都是清醒、理智的,并有着足够的自控力。如果没有"梅雨之夕"的邂逅,人物的深层心理结构也不会被破坏。而且,即使被压抑的"里比多"冲决而出,也时时受到柜台女子的窥视、家中妻子的监管等社会力量的制约。同样,《春阳》、《雾》、《薄暮的舞女》等,也都生动地展示了种种不可理喻的潜意识怎样依附于人物的理性意识和真实环境,既表现了它的自由驰骋、倏忽多变,又揭示了其赖以存在的真实性、合理性。施蛰存曾解释,《魔道》是怪诞的魔幻现实主义手法同心理分析的结合,这种施蛰存所说的"揉合"是源于当时"自己的灵感",它既不同于英国意识流小说家沃尔芙的风格,甚至在沃尔芙之先:"吴尔芙写小说是在我之后。我这篇小说是受法国怪诞小说的影响,最有名的是十九世纪多列维莱的作品,我把心理分析跟怪诞揉合起来,在法国称之为'黑色的魔幻'。"①而他的另一篇小说《海鸥》又尝试使现实主义与意识流"两边调和"。

《梅雨之夕》和《善女人行品》作为施蛰存小说创作的经典之作,也构成了中国30年代现代主义小说的经典。它以20世纪30年代上海这座迅速崛起的大都市的现代文明和现代心理危机为背景,表现在中国社会急剧殖民地化的大滑坡中,青年知识分子如何陷身于爱情失落、灵魂扭曲以及诸种心理冲突的矛盾之中无以自拔,并出色地运用了弗洛伊德的"里比多"理论和直觉幻觉、意识流等诸种西方现代主义的表现手法,从而创造了也奠定了中国现代派小说的基本叙事模式。无论是同一历史时期的穆时英、刘呐鸥、张爱玲等人对现代都市生活的感觉化描述,还是20世纪40年代后期浪漫派小说,诸如徐訏、

---

① 施蛰存:《中国现代主义的曙光》,台湾《联合文学》1990年第6卷第9期。

无名氏等人对现代主义与浪漫主义的奇异结合,都没有超越这种意识与潜意识、理性制约与"里比多"肆意驰骋之间矛盾冲突的表现模式。

八

《文饭小品》与编辑活动的"开径独行"

(1935 年)

施蛰存自述:"鄙人与康嗣群先生办《文饭小品》,原想能够摆脱一切束缚,在编辑上能有开径独行的自由。……想保持一点自由意志。"[1] 1935年,施蛰存创刊编辑了《文饭小品》与《现代诗风》两个杂志,进一步奠定并发展了其自由主义的文学立场和纯艺术的编辑方针。

---

[1] 施蛰存:《彼可取而代也》,《文饭小品》第4期(1935年5月)。

1935 年　三十岁

写作杂文、随笔、小说等,署名除李万鹤、安簃,均为施蛰存。

2月,发表《猎虎记》(《新小说》创刊号);主编的《文饭小品》创刊,发表《发行人言》、《创作的典范》(《文饭小品》创刊号)。

3月,译作《宝玲小姐忆语》([意]迦桑诺伐)发表于《文饭小品》第2期。

4月,发表《绣园尺牍》(《人间世》第26号);发表随笔《无相庵断残录》、《服尔泰》(《文饭小品》第3期);编撰点校的《晚明二十家小品》由上海光明书局于本月出版,是年11月再版。

5月,发表杂文《本刊出版愆期道歉》、《代人夹缠》、《过问》、《彼可取而代也》(《文饭小品》第4期)。

6月,杂文《"杂文的文艺价值"》、《"不得不读"的〈庄子〉与〈颜氏家训〉》,署名李万鹤的翻译小说《一个干净的,光线好的地方》([美]海敏威),署名安簃的译诗《老人临水》（[爱尔兰]夏芝），均发表于《文饭小品》第5期。

7月，作随笔《无相庵断残录（续）》和小说《无题》（小说《无题》收入《小珍集》时改名为《失业》），发表于《文饭小品》第6期。

7月1日，与叶圣陶、老舍、郁达夫、张天翼等人在《我们对于文化运动的意见》上签字，该文发表在《文学》5卷1号（二周纪念号）、《青年界》8卷2号等刊物上。

7月中旬，受张静卢先生之约，应上海杂志公司之聘，开始与阿英合编"中国文学珍本丛书"，由上海杂志公司陆续出版，共出版70余种。其中第一辑50种完整出齐，第二辑的编辑出版因抗战开始而逐渐停止。

9月，施蛰存校点、（明）毛子晋辑《宋六十名家词》（1—6集）由上海杂志公司自本月起至1936年10月陆续出版。

10月，《现代诗风》创刊，戴望舒担纲主编，施蛰存为发行人；译著《今日之艺术》（[美]里德）由上海商务印书馆出版；施蛰存校点、（明）笑笑生著《金瓶梅词话》（1—5册）由上海杂志公司出版。

11月，作《〈行过之生命〉跋》；短篇小说集《旅舍及其他》由上海良友图书印刷公司出版,收施蛰存、张天翼、何家槐、林微音、穆时英六人的十二篇短篇小说,其中有施蛰存的《李师师》、《旅舍》、《夜行》三篇;(明)陈继儒撰、施蛰存编的《白石樵真稿》由上海杂志公司出版。

编辑出版工作,同样是施蛰存一生文学文化事业的一个重要组成部分。他于1926年创办《璎珞》,1928年创办《无轨列车》,1929年创办《新文艺》,1932年主编《现代》,1934年与朱雯合编《中学生文艺》,同年主编《文艺风景》,始终坚持一种纯艺术的编辑方针和文学方向。1935年创刊编辑的《文饭小品》与《现代诗风》两个杂志,同样坚持一种"自由意志",并力图"摆脱一切束缚",去实现"开径独行的自由"。

1935年2月5日,《文饭小品》在上海创刊,至是年7月31日终刊,共出六期,由脉望社出版,代理发行的书店是张静庐主持的上海杂志公司。康嗣群是四川美丰银行经理康心如的儿子,从北京大学毕业后,在上海美丰银行任经理,曾在施蛰存编的《现代》杂志上发表过文章。施蛰存辞卸《现代》杂志的编务工作之后,康嗣群建议与施蛰存合办一个纯文学刊物,由康嗣群出钱资助,让施蛰存负责编辑。但康嗣群不愿意做发行人,便让施蛰存做。实际上,真正的编辑和出版发行人都是施蛰存,康嗣群只是在经济上给予资金支持。

《文饭小品》的编辑方针延续了施蛰存办《现代》和《文艺风景》等刊物的思路,即,"非同人性质"、"不必与政治有直接的关系"。《文饭小品》的题名是借用明末清初王思任一本书的题目,康嗣群曾在《创刊释名》中解释,"人要吃饭,文人只能吃'文饭'","小品"就是"清谈、小摆设",或者说是"一切并不'伟大'的文艺作品","不负亡国之责"。施蛰存也曾介绍过它的刊物性质和发刊旨趣只在于"可以任性","不受拘束","我这个发行人是与普通的杂志发行人不同的。既无本钱,亦不想赚钱,更没有什么背景"。[①]

《文饭小品》追求纯文学的唯美的格调与品位,倡导儒雅闲适的小品文。他们崇尚晚明小品,尊崇性灵文学,追求闲适小品的恬淡风格。即,"'小品'是悠闲的绅士文

---

① 施蛰存:《〈文饭小品〉发行人言》,《文饭小品》创刊号(1935年2月)。

人所写出来的陶情适兴的文章"。① 在《文饭小品》上发表文章的作家,大多是与施蛰存保持长期文学情谊的朋友们,如周作人、林语堂、郁达夫、李金发、老舍、张天翼、李广田、俞平伯、阿英、林庚、丰子恺、梁宗岱、芦焚、戴望舒、赵家璧、郑伯奇、谢冰莹、陶亢德、孔另境、金克木、徐迟、罗洪、王莹、沈启无、康嗣群等许多人。《文饭小品》的封面设计颇为精致,封面题字是书法家陆维钊所书,"文饭小品"四个大字由右至左位于页面上端,下方则是线条简单的素描或石画。创刊号是"江南老画师"吴观岱所画"桃花源"中一枝花,一弯虬枝摇曳,孤寂地开着几朵梅花;第2期选的是"汉石画燕舞"图;第3期是苏曼殊所画"古城楼图";第4、5、6期分别是国外著名画家画的"牛仔策马扬鞭图"、"读书者"和"山水图"。画与字组合在一起,和谐优美、恬淡闲适,又各具特色。

《文饭小品》坚持"自由意志"的文艺方向,故而与持有不同发刊旨趣的《文学》、《太白》之间发生了长达半年的笔战。施蛰存在创刊号上发表了《发行人言》和杂文

---

① 施蛰存:《小品·杂文·漫画》,《独立漫画》(半月刊)1935年9月25日。

《创作的典范》。在随后五期中,陆续发表了《何谓典范》(第2期),《无相庵断残录》、《服尔泰》(第3期),《本刊出版衍期道歉》、《代人夹缠》、《过问》、《彼可取而代也》(第4期),《"杂文的文艺价值"》、《"不得不读"的〈庄子〉与〈颜氏家训〉》(第5期),《无相庵断残录(续)》(第6期),等。在这些文章中,施蛰存把笔锋直接指向了《文学》和《太白》,指向了鲁迅、茅盾等人。例如,施蛰存反对开明书店把《茅盾短篇小说集》树为"创作的典范","喜欢把文艺书教本化",只是为"多赚几个钱",或"只承认它有碑帖的价值"。因为,文学艺术和文学创作的价值不在于"教育的目的",而在于其"崇高的艺术价值"。"'创作'与'典范'是死冤家。如要'创作',决无'典范',如有'典范',则决非'创作'。……大多数的作家都犯了同样的误解,以自己的作品被选用为教科书或补充读物为荣幸。文艺的目的与教育的目的并不是完全相同的。"[①]施蛰存主张,杂文除社会价值之外还必须有其文艺价值,"我的意见,凡对准时事或时人而作的'杂文',无论是评论也好,演说

---

① 施蛰存:《创作的典范》,《文饭小品》创刊号(1935年2月)。

辞也好,杂感文也好,如果要把这些文章当作文艺作品看,则它们在其本身的社会价值之外,当然必需具有另外一种文艺价值"。①

1935年10月,《现代诗风》创刊,戴望舒担纲主编,施蛰存为发行人,由脉望社出版。《现代》杂志停刊之后,施蛰存、戴望舒便开始酝酿、筹办《现代诗风》。1935年4月,施蛰存便为该刊做"预告":"望舒要想办一个关于诗的杂志,已是好几年的事情了。一向没有机会能实现他的愿望。最近他从西班牙法兰西漫游回来,看见我正在办《文饭小品》,便也有点跃跃欲试,……他终于决定要替诗坛热闹一下,编刊一个关于诗的两月刊,定名《现代诗风》。"②《现代诗风》原定1935年5月15日出版,但一直延迟到是年10月才出版。翻开《现代诗风》,首先可见"施蛰存谨启":"《文饭小品》曾出版了六期,现在已经废刊了。这又是鄙人的一次失败,对于爱护《文饭小品》的作者和读者,以及编者康嗣群先生,都非常抱歉。现在这

---

① 施蛰存:《"杂文的文艺价值"》,《文饭小品》第5期(1935年6月)。
② 施蛰存:《戴望舒先生主编诗杂志出版预告》,《文饭小品》第3期(1935年4月)。

个《现代诗风》两月刊,说不定又是一注亏本生意……再《文饭小品》中原有戴望舒先生译的《苏俄诗坛逸话》,《文饭》既废刊,现在就将那未完稿移栽本刊中登载,好在也是关于诗和诗人的文字。"①

《现代诗风》的作家队伍基本上是《现代》杂志的诗作者们,他们可谓"清一色的'现代派诗人群"。② 他们每人几乎都创作了一辑诗歌:玲君《山居(外二首)》,金克木《春病小辑十首》,徐霞村《诗三首》,施蛰存《小艳诗三首》,戴望舒《新作四首》,徐迟《诗三首》,南星《守墓人(外三篇)》,侯汝华《诗三首》,林庚《四行诗五首》,路易士《诗抄七首》。翻译的诗作有刘呐鸥译《西条八十诗抄》。《现代诗风》还在《关于诗及诗人》的标题下发表了多篇西方现代主义诗论:周煦良译艾略特的《〈诗的用处与批评的用处〉序说》,李万鹏译罗惠儿的《为什么要谈诗》,杜衡译《英国诗人拜伦书信抄》,戴望舒译高力里的《苏俄诗坛逸话》,等。

---

① 施蛰存:《〈文饭小品〉废刊及其他》,《现代诗风》创刊号(1935年10月)。
② 纪玄(路易士):《戴望舒二三事》,《香港文学》1990年7月号。

《现代诗风》表现出浓郁的现代主义诗歌流派的特征。在诗歌创作方面,他们的诗篇大都是精细唯美、虚幻空灵的现代主义意象诗。例如戴望舒的《古意答客问》:"孤心逐浮云之炫烨的卷舒,惯看青空的眼喜侵阈的青芜。你问我的欢乐何在?——窗头明月枕边书。"在诗论方面,他们借用艾略特和女诗人罗惠儿等人的文章来强调象征主义的"纯诗"理论,强调诗是一个人的内心呼声,是个人情绪的"客观对应物","在诗的领域中,除了心灵的真相之外,不再有什么珍贵的东西"。①

《现代诗风》创刊号发行一千册很快告罄,反响和销路都比较好。由于戴望舒有了新的构想和计划,他想"聚全国诗人于一堂",创办新的刊物《新诗》,《现代诗风》便在创刊号之后就停刊了。可以说,《现代诗风》虽然由施蛰存编辑,但始于戴望舒,终于戴望舒。

---

① [美]罗惠儿:《为什么要谈诗》,李万鹏译,《现代诗风》第 1 期(1935 年 10 月)。

九

《小珍集》与"灵魂之息壤"

(1936 年)

施蛰存在《秋夜之檐溜》①一诗中,描绘了这样一种知识分子的自我形象:为了"觅取灵魂之息壤",他在"百里、千里、万里"的"修阻的贫辛行旅"中苦苦地探索着,在"百年、千年、万年"的"悠久的艰难的岁月"中不息地追求着,可"灵魂之息壤"到底在哪里呢?他"热望",他"幽叹"。1936年《小珍集》与《旅舍集》两部小说集出版,透出施蛰存灵魂深处潜藏着的一种"热望",或一种悄悄流淌着的理想寄托,即"灵魂之息壤"的觅取。

---

① 施蛰存:《秋夜之檐溜》,《现代》第2卷第1期(1932年11月)。

1936年 三十一岁

7月,施蛰存患黄疸病,遵医嘱至杭州休养,居住在西湖玛瑙寺。恰有旧友来为杭州行素女子中学延揽语文师资,待遇较优,于是前往应聘,任语文教师。

9月,移居学校。每星期日上午去古董商茶会所处的湖滨喜雨台茶楼饮茶,购取文物小品、青瓷碗碟等,玩古之癖好始于此时。

同年秋,和戴望舒一起到杭州"风雨茅庐"去拜访郁达夫,各得对联一副。

本年度,创作发表的散文、杂文,以及古典文学方面的校点成果等,署名均为施蛰存。

1月,发表杂文《教师与编辑》(《青年界》9卷1号);作散文《我的日记》,后收入《灯下集》。

2月,发表散文《绕室旅行记》(《宇宙风》第10期);施蛰存校点、(清)刘云份著《翠楼集》由上海杂志公司出版,收入"中国文学珍本丛书"第1辑,1948年4月出版新版;施蛰存校点、(明)陈继儒著《晚香堂小品》(上、下册),

收入"中国文学珍本丛书"第1辑。

3月,发表散文《春天的诗句》(《宇宙风》第13期)。

4月,发表散文《记一个诗人》(《宇宙风》第15期)。

5月,发表小说《祖坟》(《中学生》75号)。

6月,发表散文《我的暑期生活》(《青年界》10卷1号,暑期生活特辑)。

7月,发表散文《鬼话》(《论语》第91期)。

8月,施蛰存校点、(明)徐文长著《徐文长逸稿》由上海杂志公司出版,收入"中国文学珍本丛书"第1辑。

9月,发表《无相庵急就章》之《小引》、《无相庵急就章》之一《人生如戏》(《宇宙风》第24期);作《〈小珍集〉编后记》,短篇小说集《小珍集》由上海良友图书印刷公司出版,收入"良友文库";(明)陈继儒辑、施蛰存编《古文品外录》由上海杂志公司出版;出版译著《匈牙利短篇小说集》和《波兰短篇小说集》(上、下两册),均列入王云五主编的"万有文库"第二辑(共700种),初版均由上海商务印书馆发行,署名施蛰存选译。

10月,发表《病后》,后改为《新生活》(《新中华》4卷20期)。

11月,发表《无相庵急就章》之二《蝉与蚁》(《宇宙风》第28期),发表《施蛰存谈鲁迅》(《辛报》11月11日)。

是年,《初中当代国文》由(上海)中学生书店出版,署名施蛰存等编。

1936年9月,短篇小说集《小珍集》由上海良友图书印刷公司出版,收入"良友文库"。内收短篇小说八篇:《名片》、《牛奶》、《汽车路》、《失业》、《鸥》、《猎虎记》、《塔的灵应》、《嫡裔》。11月,短篇小说集《旅舍辑》由上海良友图书印刷公司出版,收录了施蛰存的三篇作品:《李师师》、《旅舍》、《夜行》。

《小珍集》与《旅舍辑》两部小说集的出版,透出施蛰存心灵中的一种"灵魂之息壤"的觅取。

在施蛰存的小说中,始终存在着两个迥然不同的人生环境。一个是20世纪30年代中国第一大都市——上海,另一个是作者故乡的江南小镇——松江(当时的松江县属江苏省)。上海是富丽堂皇、五光十色的,"富丽的现代建筑物,第一流的娱乐场"(《鸥》)。上海到处闪烁着耀眼的光芒,"一切都呈着明亮和活跃的气象","每一辆汽车刷过一道崭新的喷漆的光,每一扇玻璃橱上闪耀着各方面投射来的晶莹的光,远处摩天大厦底圆瓴形或方形屋顶上辉煌着金碧的光"(《春阳》),到处流淌着金波玉液,"咖啡、葡萄酒、香槟……"(《凶宅》)。纵横交错的摩天大楼里到处是藏污纳垢、醉生梦死,奢华的都市生活里每一根神经都充塞着金钱至上、唯利是图的观念,中国的古老文明已经被利己主义的漩涡淹没了。与此相对,江南农村则是清新宁静、肃穆和平的,四处弥漫着纯洁恬淡的美好情愫和原始古朴的传统风习。"竹林的落日,山顶上的朝阳,雨天峰峦间迷漫着的烟云,水边的乌桕子和芦花,镇上清晨的鱼市,薄雾时空山里的樵人互相呼唤的声音。月下的清溪白石,黑夜里远山上的野烧。"(《夜叉》)作为一位致力于"内在现实"的现代派作家,施蛰存把自己的主观情思和内在体验都渗透到小说创作的构思之中了,这样就形成了反差极大的两种话语:古朴单纯的乡村与腐败堕落的都市,宁静真挚的温情与焦虑不安的骚动,和平舒缓的自然节奏与疾驰飞转的疯狂交响,两者之间相互观照、相互反衬。施蛰存的小说创作以《上元灯》始,以《小珍集》终,其苦苦寻觅的"灵魂之息壤"是显而易见的。

在《小珍集》与《旅舍辑》这两部短篇小说集中,除了《名片》、《失业》、《鸥》几部作品继续表现现代都市知识分子的困窘与落魄之外,其余大部分小说已经把笔触伸向20世纪30年代的中国农村社会。这两部小说集的出版,标志着施蛰存小说创作的一种现实主义转向,他从现代都市社会的感觉化心理分析转向现代农村劳动人民生活的写实性描写。例如,作者选择了"牛奶"、"汽车路"这样一些当时中国农村在现代化进程中出现的代表性事物,去表现"被现代文明侵入后小城小镇的毁灭"。《牛奶》描写"忠厚的老佃户"财生每天把自己心爱的牝牛产出的"浓厚而纯白的乳汁"卖给城里的主顾,天天如此,年年岁岁如此。可是"今天",当他再去送牛奶的时候,却遭遇了回绝:"你们乡下送来的牛奶吃了不补。"因为城里人现在都订购了牛奶公司"用科学方法炼过的""唯他命顶多"的"卫生牛奶"。尽管财生很"气愤",并且"一点不服气",但还是眼睁睁地看着自己木榼里的奶被倒进了牛奶公司的玻璃瓶内,并被贴上了"科学炼制卫生牛奶"的标签。《汽车路》描述沪杭公路修筑时,以关林为代表的农民的抵触情绪。由于自家土地被征用,他们心中充满"忿怒"和"仇恨"。他有时去偷拔一个做标记的竹签或木牌,有时从土丘上踢几块石头到路上去,甚至每天去挖陷坑,企图让路上行驶的汽车"倾覆"。于是,很快他就被囚禁在拘留所里了,并卖了自己剩余下的土地作为赔偿。施蛰存通过这些作品来揭示,农民财生和关林对"洁白"的鲜牛奶、对相依为命的土地的眷恋,都属于已经逝去了的、无可挽回的事实和情感了。

综观施蛰存的小说创作,可以看到,尽管作为现代派文学的代表作家,他竭力地强调文学作品的主观性、内在性倾向,但还是忠实地写出了生活现实的本来面目,或者说他的创作并没有完全脱离现实主义的土壤。一方面他以现代主义的艺术形式对 20 世纪 30 年代现代都市文明进行了心理性、感觉性的描述,另一方面他也用现实主义的创作方法表现了现代物质文明对于中国农村的侵蚀,并真实地写出了 20 世纪 30 年代中国社会迅速殖民地化的历史挽歌。

十

《灯下集》与"适性任情"的散文

(1937年—1940年)

1937年,施蛰存的散文集《灯下集》出版。关于散文,施蛰存推崇"纯任性灵"的品格和文风。他曾编选《晚明二十家小品》,特别欣赏那些公安派、竟陵派的文人们。这些人虽然不曾做过显赫一时的高官,没有执过什么文坛的牛耳,但其"隽永有味"的小品"足以表现各家的人格","因为对于显宦之反感,而有山林隐逸思想,因为对于桎梏性灵的正统文体的反感,而自创一种适性任情的文章风格来"。①

---

① 施蛰存:《〈晚明二十家小品〉序》,《北山散文集》第三辑,上海:华东师范大学出版社2011年版,第1314页。

1937年 三十二岁

1937年夏天,上海局势日益紧张,施蛰存由朱自清介绍,应云南大学新校长熊庆来之聘,前往云南大学任教。

8月13日,中日淞沪战争爆发。被困于松江,米价突涨,电灯熄灭,日本飞机在上空盘旋,警报声、炸弹声此起彼伏,满街的民众四处奔窜,"情状甚可怖","心绪为之不宁"。① 自8月12日至9月5日所见所闻的社会现实和生活感受都写于《同仇日记》(《宇宙风》1937年第53期、1938年第60期)。

9月6日,欲启程赴云南,已至松江车站,后因敌机轰炸,决定改道由洙泾到枫泾再到杭州。9月7日,早上8时由西门外秀南桥船埠搭乘洙泾班船,上午10时至洙泾。9月8日乘汽车去杭州。9月9日早上6时起身,赶赴浙赣的汽车,由此开始了艰难的漫漫西行路。途经浙

---

① 施蛰存:《同仇日记(上)》,《宇宙风》1937年第53期。

赣湘黔四省,行程约3000公里,历经百般磨难,9月29日晚抵达昆明。9月6日至9月29日的沿途诸多见闻都写于《西行日记》(《宇宙风》1938年7—8月的第70、71、72期)。途中作古体诗多首,如《渡西兴》、《车行浙赣道中得诗六章》等,后收入《北山楼诗》。

是年9月,开始在昆明的云南大学文史系任教员,薪水140元。施蛰存在云南大学文史系任教三年,初始教授大学一年级国文、历代诗选、历代文选等课程。其间,阅读了大量云南古代史文献,奠定了其从事古典文学教学研究的基础。

在云南大学任教期间,看了许多敦煌学史料和云南地区的古碑古碣,后来在长沙、厦门、徐州等地任教时,继续关注各地的碑铭、墓志、造像等石刻,不断收集各种墨拓拓本,积淀了其关于墨拓碑版研究的浓厚兴趣。施蛰存曾兴趣盎然地回忆当年"觅宝"的经历:起始是和李长之、吴晗一起去,后来沈从文遂成为"逛夜市的伴侣","昆明有一条福照街,每晚有夜市,摆了五六十个地摊。摊主都是拾荒收旧者流,每一个地摊点一盏电石灯,绿色的火焰照着地面一二尺,远看好像在开盂兰盆会,点地藏香。

我初到昆明,就有人介绍我去'觅宝'……在福照街夜市上,我们所注意的是几个古董摊子,或说文物摊子。这些地摊上,常有古书、旧书、文房用品、玉器、漆器,有时还可以发现琥珀、玛瑙,或大理石的雕件。外省人都拥挤在这些摊子上,使摊主索价愈高。我开始搜寻缅刀和缅盒。因为我早就在清人的诗集和笔记中见到:云南人在走缅甸经商时,一般都带回缅刀,送男子;缅盒,送妇女。缅刀异常锋利,钢质柔软,缅盒是漆器,妇女用的奁具,大的可以贮藏杂物"。[1] 施蛰存曾从一堆旧衣服中发现了从"朝衣补褂"上拆下来的两方绣件,也买过朱漆细花的小缅盒,仿佛江南古墓中出土的六朝奁具一样。

施蛰存对云南大学怀有浓厚的感情。战时云南大学被炸后,施蛰存深情地写下了《怀念云南大学》。"昆明终于被轰炸了,云南大学终于也轮到了。……云南大学是最后一个未迁移的国立大学,是最后一个被炸毁的国立大学,尤其因为是我在抗战三年来所任职的地方。我看见云南大学怎么繁荣起来,我看见它怎样成为抗战大后

---

[1] 施蛰存:《滇云浦雨话从文》,《新文学史料》1988年第4期。

方的一个最高学府。现在,当我离开它不久,它也终于遭逢到这悲壮的厄运。虽说是早已预期着的,但是一旦竟实现了,却总不免使我感到甚大的悼惜。"①

是年,继续写作发表杂文、散文、译作、小说,署名均为施蛰存。

1月,发表杂文《一人一书》、《二十五年我的爱读书》(《宇宙风》第32期);发表杂文《续一人一书》(《宇宙风》第33期);作《〈灯下集〉序》,散文集《灯下集》由上海开明书店于本月出版。

2月,发表诗歌《采燕》(《新诗》1卷5期)。

4月,发表杂论《小说中的对话》(《宇宙风》第39期);译作《叶赛宁的悲剧》(曼宁)发表于《新诗》2卷1期;翻译小说《薄命的戴丽莎》([奥地利]施尼茨勒[一译"显尼志勒"])由上海中华书局出版。

5月,发表诗歌《诗三首》和散文《海水立波》(《新诗》2卷2期)。

---

① 施蛰存:《怀念云南大学》,《北山散文集》第一辑,上海:华东师范大学出版社2011年版,第250页。

6月,发表杂文《关于〈黄心大师〉的几句话》(《中国文艺》1卷2期);小说《黄心大师》发表于《文学杂志》1卷2期。

8月,发表杂文《"文"而不"学"》(《宇宙风》第46期)。

9月,发表杂文《上海抗战的意义》(《宇宙风·逸经·西风非常时期联合旬刊》第4期)。

10月,发表《后方种种》(《宇宙风》第48期)。

12月,发表《同仇日记(上)》(《宇宙风》第53期)。

1938 年 三十三岁

继续在昆明云南大学任教。

2月5日至16日寒假期间,应云南大学学生李延君之邀,与吴晗兄弟到其家乡路南县游玩,行程两天,游石林洞等处名胜三天,在彝人山中住七天,并写有《游路南石林诧其奇诡归作诗》。

3月,在汉口成立的"全国文艺界抗敌协会"成立会上,被选为昆明分会理事。

4月,沈从文抵达昆明,住在云南大学附近,与施蛰存交往甚密,常结伴去逛福照街的夜市,购买古董文物。通过沈从文,施蛰存结识了杨振声、林徽音等人。

暑假,回上海探亲,与《大公报》记者萧乾结伴由昆明经越南,再绕道香港;途经香港时,顺便在香港暂住两周。其时戴望舒在香港主编《星岛日报》文艺副刊《星座》,施蛰存在副刊上发表了《路南游踪》等作品。

10月,离开上海,经香港,取道越南回昆明。在香港停留数天,待船去越南海防。遇沈从文、顾颉刚、徐迟眷属,受托护送回滇。28日,与沈从文的夫人张兆和、九妹岳萌,顾颉刚的夫人,徐迟的姊姊曼倩等一行七人启程离港经越南回滇。

11月4日下午,抵达昆明。作散文《浮海杂缀》、《河内之夜》等。

是年,继续写作日记、诗歌等,署名均为施蛰存。

2月,发表日记《同仇日记(下)》(《宇宙风》第60期)。

5月,发表诗歌《有怀家国》(上海《文汇报·世纪风》)。

7月至8月,日记《西行日记》发表于《宇宙风》第70期(7月1日)、71期(7月16日)、72期(8月1日)。

1939年　三十四岁

仍在云南大学任教,升任为副教授,薪水220元。编写《中国文学史》、《散文源流》等教材。

2月,作古体诗《己卯元旦试笔》,后收入《北山楼诗》。

6月,作散文《驮马》,后收入《待旦录》。

8月,翻译小说《劫后英雄》([英]司各脱)由昆明中华书局出版,收入张梦麟主编"世界少年文学丛书",署名施蛰存译。

是年,开明书店筹办《国文月刊》,朱自清受叶圣陶的委托,负责昆明的文稿,邀请施蛰存、沈从文、浦江清、吕叔湘等人撰稿。在朱自清的殷勤索稿下,施蛰存为《国文月刊》撰稿。

1940年　三十五岁

3月,再次取道越南、香港回上海省亲。

4月初,抵达香港,在香港滞留六个多月,把妻子接到香港居住。其间,经吴经熊、叶秋原介绍,为天主教的真理学会校阅一批天主教文学的中文译稿;业余参加杨刚筹办的暑假文学补习班的报名登记工作,并为补习班多次上课。在港期间,成为"中华全国文艺界抗敌协会香港分会"九理事之一。暑假后,讲习班结束,香港亦动荡不安,遂回上海。

6月,作论文《鲁迅的〈明天〉》(《国文月刊》1940年6月16日),用弗洛伊德的心理分析理论讲解鲁迅作品,分析主人公潜意识中的性爱因素,文章发表后引起了争论。孔罗荪写了《关于鲁迅的〈明天〉》(《抗战文艺》1940年12月1日),陈西滢写了《〈明天〉解说的商榷》(《国文月刊》1941年1月16日),驳斥施蛰存的观点。施蛰存又写《关于〈明天〉》(《国文月刊》1941年12月16日),进行答辩。"当然,我知道作者鲁迅先生在文艺上并不是一个弗洛伊德派,但是谁能说他一点不受影响?鲁迅先生作小说的时候,正是霭理斯和弗洛伊德在中国时髦的时候。"[①]

---

① 施蛰存:《关于〈明天〉》,《国文月刊》1941年12月16日。

8月,作杂文《新文学与旧形式》、《再谈新文学与旧形式》,收入《待旦录》。

12月,应福建中等师资养成所之聘,到福建永安任教。

....

1937年1月11日,施蛰存作《〈灯下集〉序》。散文集《灯下集》由开明书店于1937年1月出版,收入"开明文学新刊"丛书。《灯下集》书前有1937年元旦写的序,共收散文二十六篇:《书相国寺摄影后甲》、《书相国寺摄影后乙》、《中世纪的行吟诗人》、《寓言三则》、《雨的滋味》、《鸦》、《"先知"及其作者》、《画师洪野》、《"无意思之书"》、《我的创作生活之历程》、《谈日记》、《谈奖券》、《读〈檀园集〉》、《书籍禁止与思想左倾》、《绣园尺牍》、《名》、《渡头闲想》、《赞病》、《买旧书》、《新松江社落成小言》、《小品·杂文·漫画》、《〈行过之生命〉跋》、《我的日记》、《绕室旅行记》、《春天的诗句》、《鬼话》。1994年再版时,删去了原版中《书籍禁止与思想左倾》一文。

《灯下集》是施蛰存的第一本散文集。施蛰存在该书序言中明确地阐述了他的散文思想。他把散文分为"纯粹散文"和"批评散文",其中无论哪一种,都"实在是最不容易写的",它需源于"一个人的各方面的气质和修养"。或出自"个人的直觉",或发泄"一时的冲动","平心静气的把它们写成一些舒缓可诵的小品文。……我羡慕弗朗思的《文学生活》那样精劲的批评散文,也羡慕兰姆及史蒂芬孙那样从容的絮语散文"。[①]

《灯下集》中的散文兼有"精劲的批评"和"从容的絮语",既有抒情写景,又有怀人记事。大多选取一些身边日常生活中的趣闻琐事娓娓道来,既灵动潇洒、睿智风趣,又流淌着学者的渊博学养和深刻见解。例如,《谈奖券》写国家发行奖券及人们的赌博心态,反讽其"没有赌博的竞技性而有赌博的机会性"。《渡头闲想》描写古渡头的"诗意"和渡船在"飘浮之际"横流而去的"滋味",并以此"生活的恬淡态度"来反衬自己"正踟蹰于生命之江流的渡头"的感慨。《赞病》是回忆儿时如何托病逃学,得以睡懒觉,并享受云片糕、半梅、摩尔登糕等美食的情趣。

[①] 施蛰存:《〈灯下集〉序》,《灯下集》,北京:开明出版社1994年版,第1—2页。

其中,《雨的滋味》可谓现代散文的名篇,既有洋洋洒洒的春夏秋冬四个季节的雨景、雨情的叙事写景,又是一篇现代主义的经典文论。首先,施蛰存精细入微地把春雨、夏雨、秋雨、冬雨的不同体验逐个细说一遍:秋雨的体验是"零落的境象"中的深愁,冬雨的体验是"白雨映寒山"的冷,春天的雨的体验又是丰富多彩的,清明雨如雾如烟"把现实的景物淊蒙得成为幻象",落花雨让人感伤让人惆怅,梅雨使人幽怨使人销魂,夏天的骤雨把人打湿得淋漓尽致,"也能让你体会出一阵不尽的美味"。随之,不同的雨景便可以产生不同的心理体验,微雨、零雨、淫雨、冻雨、巴山夜雨等不同的"雨之音"、"雨之色"都可以唤起人不同的心灵感受。例如,西湖山水下的微雨蒙蒙是一种淡青色、黛色、紫霭色的氛围,它让人领略到"如晚烟似的一阵阵忽然泛红忽然转青的紫色"的情绪,它是散漫的孱弱的,它沁人肺腑,让人不由得陶醉喜悦,也情不自禁地感伤无奈。于是施蛰存得出结论,这雨景和雨情可以产生一种主观和客观相结合的"现代情绪":"雨能给予人们以各种情绪,而这种情绪之因雨而冲动显然可以分为两种性质,即客观的与主观的。……我的意思乃是说我们本来没有什么特殊的情绪在冲动,但因感应了雨之色或音而生此情绪,如此,即是我所谓客观的。我们本来自己心中充满着某一种情绪,但因为雨之色或音之感应而使心中的情绪愈紧张愈浓厚或愈深沉,如此,即是我所谓主观的。"①最后,由"雨之色"、"雨之音"而升华出一个文学理论的公式,即现代情绪的产生过程或表现过程的一个公式:"(1)客观的情绪之伏流+受感的情绪之震动=客观的情绪之共鸣。(2)主观的情绪之伏流+客观的受感的情绪=主观的情绪之上涌。"②正是在这种朦朦胧胧、美妙奇幻的各种雨的声音、雨的色彩、雨的情绪之中,一个"心理的解释"的现代主义文学理论命题建构起来了。

---

① 施蛰存:《雨的滋味》,《灯下集》,北京:开明出版社1994年版,第32页。
② 施蛰存:《雨的滋味》,《灯下集》,北京:开明出版社1994年版,第34页。

十一

《妇心三部曲》与施尼茨勒作品的译介

(1941年)

施蛰存说:"我最早受影响的是奥地利的显尼志勒,我翻译了他的五本小说。显尼志勒和弗洛伊德是朋友,两人都是维也纳的医生。弗洛伊德发现,人的一般心理底下还有一种潜在的意识——Subconsciousness,显尼志勒也是赞成的。……显尼志勒把心理分析的方法用在小说里头。我到上海后首先接触的,便是这种心理分析的小说,它从对人深层内心的分析来说明人的行为,对人的行为的描写比较深刻。我学会了他的创作方法。"①

---

① 施蛰存:《为中国文坛擦亮"现代"的火花》,新加坡《联合早报》1992年8月20日。

1941年　三十六岁

8月,受聘于厦门大学,到福建长汀任教,为中文系副教授,薪水280元,计四年。为学生开设"《史记》专书选读"等课程,编撰《〈史记〉旁札》等教材。

由于厦门大学图书馆的藏书全部内迁,毫无损失,施蛰存在厦大看了大量书籍。读过七八十种宋人笔记及野史,抄录了所有关于词的资料,打算编一本《宋人词话总龟》。此时,偶然在图书馆看到英译本的《尼采全集》,大感兴趣,遂借阅《愉快的智能》、《查拉图斯屈拉如是说》等书,并对尼采中译本颇为不满,写了《尼采之〈中国舞〉》等文章。

继续写作、发表杂论、译作,署名均为施蛰存。

5月,翻译《女难》([奥地利]施尼茨勒[一译"显尼志勒"])、《私恋》([奥地利]施尼茨勒[一译"显尼志勒"]),皆由上海言志出版社于本月出版。

6月,至福州长汀,游武夷山,独行山中约十日,作古体诗多首,后定名为《武夷行卷》,计三十五首;发表杂文

《罗曼·罗兰的群众观》(《宇宙风》第124期,1941年10月10日)。

9月,译作《钢琴》([美]W. 沙洛杨)发表于《大公报·文艺》第70期;译作《星期六夜里》([美]威廉·沙洛杨)发表于《大公报·文艺》第81期。

10月,作《〈上元灯〉改编再版自序》,改编本《上元灯》由上海新中国书局于同年出版;译作《咖啡和三明治》([美]W. 沙洛杨)发表于《大公报·文艺》第84期。

是年,发表诗歌《我期待》(《中国诗艺》复刊第3期);发表译诗《云》([英]W. H. 代微思)(《中国诗艺》复刊第4期)。

从20世纪20年代末直至40年代初,施蛰存的文学活动和其所接受的外国文学影响都带有较为鲜明的"新兴"、"尖端"、"推陈出新"等现代主义因素,其外国文学的翻译工作也比较明显地集中于现代主义文学的方向。其中,翻译介绍施尼茨勒及其小说,可谓是施蛰存此阶段的主要选择。

施尼茨勒(1862—1931)是奥地利的著名剧作家兼小

说家,他最早地将弗洛伊德的精神分析学说运用到文学创作之中,并创造了内心独白的表现方法,被视为弗洛伊德在文学上的"双影人"。由于当时译音的差别,施蛰存当时把"施尼茨勒"翻译为"显尼志勒",《妇心三部曲》是其主要代表作。

1928年前后,施蛰存对外国文学的吸收和介绍较多地体现在日本新感觉派方面。他回忆:那时刘呐鸥从日本带来了许多日本出版的文艺新书,有横光利一、川端康成、谷崎润一郎等新感觉派倾向的小说,也有关于未来派、表现派、超现实派等文学理论方面的著述和报道,"在日本文艺界,似乎这一切五光十色的文艺新流派,只要是反传统的,都是新兴文学。……用日本文艺界的话说,都是'新兴',都是'尖端'。共同的是创作方法或批评标准的推陈出新,各别的是思想倾向和社会意义的差异。刘呐鸥的这些观点,对我们也不无影响"。①

与此同时,施蛰存开始读原文法国诗,特别喜欢波特

---

① 施蛰存:《最后一个老朋友——冯雪峰》,《沙上的脚迹》,沈阳:辽宁教育出版社1995年版,第127页。

莱尔、魏尔伦等人的象征派诗,在1932年创刊的《现代》杂志上又特别推崇英美的意象派诗。例如,施蛰存高度评价戴望舒翻译的法国现代主义作家雷蒙·拉该第的小说《陶尔逸伯爵的舞会》:"这部书实在是法国现代心理小说的最高峰。一九二四年法国文学史上的奇迹。作者是一个神童,在十九岁时完成了这样深刻泼剌的'大人'的心理小说。在这一部书出版之后,以前的所有的心理小说,引一句某批评家的话来说,就立刻都变成了'大人写的孩子的小说'了。"①

随后,奥地利作家施尼茨勒及其作品便成为施蛰存的偏爱。施蛰存认为,施尼茨勒的突出贡献就在于把弗洛伊德的精神分析理论成功地运用在文学创作之中。施蛰存特别欣赏施尼茨勒小说的心理分析手法:"他的作品中的主题差不多只有两个:爱与死。他的一切剧本及小说可以说都是表现着近代的爱与死之纠纷,而他的所谓'爱'又大都是'性爱',他又是首先受到心理分析学家蒲罗乙特的影响的一个作家,所以他的作品中常常特别注

---

① 施蛰存:《社中谈座》,《现代》第3卷第1期(1933年5月)。

意于心理分析的描写。"①施蛰存也推崇施尼茨勒在世界现代主义文学发展中的地位:"他可以与他的同乡弗洛伊德媲美。或者有人会说他是有意地受了弗洛伊德的影响的,但弗洛伊德的理论之被实证在文艺上,使欧洲现代文艺因此而特辟一个新的蹊径,以致后来甚至在英国会产生了劳伦斯和乔也斯这样的分析心理的大家,却是应该归功于他的。"②

施蛰存翻译介绍施尼茨勒作品的态度之执着、范围之全面令人侧目。施蛰存自述阅读了施尼茨勒的全部著述:"我曾经热爱过显尼志勒的作品。我不解德文,但显氏作品的英法文译本却一本没有逃过我的注意。"③也可以说,施尼茨勒的主要著作都被施蛰存翻译介绍到中国来了。

从20世纪20年代末开始,施蛰存就陆续翻译出版

---

① 施蛰存:《〈自杀以前〉译本题记》,《施蛰存七十年文选》,上海:上海文艺出版社1996年版,第819页。
② 施蛰存:《〈薄命的戴丽莎〉译者序》,《北山散文集》第三辑,上海:华东师范大学出版社2011年版,第1325—1326页。
③ 施蛰存:《〈爱尔赛之死〉题记》,《北山散文集》第三辑,上海:华东师范大学出版社2011年版,第1333页。

了施尼茨勒的多部小说,署名均为施蛰存译。

短篇小说《牧人之笛》,发表于《现代小说》3卷1期,1929年10月。

长篇小说《多情的寡妇》(又名《蓓尔达·茄兰夫人》),上海尚志书屋1929年11月出版。

长篇小说《妇心三部曲》(本书前冠《译者序》,书中包括三部小说:长篇《蓓尔达·迦兰夫人》[①]、中篇《毗亚特丽思》和中篇《爱尔赛小姐》),上海神州国光社1931年6月出版。上海言行社1947年2月再版。

长篇小说《薄命的戴丽莎》(本书原名为《戴丽莎:一个妇人的年谱》、《戴丽莎:一个妇人的行述》),上海中华书局1937年4月出版。

长篇小说《孤零》(又名《蓓尔达·迦兰夫人》),上海言行社1941年出版。

中篇小说《私恋》(即《妇心三部曲》中的《毗亚特丽

---

① 按:《妇心三部曲》一书出版时,关于作品题名的介绍均写作"《蓓尔达·茄兰夫人》";但是,施蛰存在该书的译者序中以及译著作品正文中均写作"蓓尔达·迦兰夫人",在《〈自杀以前〉译本题记》、《〈爱尔赛之死〉题记》等文中,施蛰存均称此书为"《蓓尔达·迦兰》"。

思》),上海言行社1941年5月出版。

中篇小说《女难》(《妇心三部曲》之三,又名《爱尔赛小姐》、《爱尔赛之死》,即上海神州国光社1931年出版的《妇心三部曲》中译名为《爱尔赛小姐》的中篇小说),上海言行社1941年5月出版。

短篇小说《自杀以前》,原译名《中尉哥斯脱尔》,施蛰存1931年1月26日译出,改题为《生之恋》,连续发表于《东方杂志》1931年第28卷第7期和第8期。后又从《东方杂志》抄出,改题为《自杀以前》,由福建永安十日谈社于1945年9月出版。

《爱尔赛小姐》(即《妇心三部曲》之《毗亚特丽思》和《爱尔赛小姐》),福建南平复兴出版社1945年出版。

抗战刚开始时,施蛰存又翻译了施尼茨勒的三部小说:《维也纳牧歌》、《喀桑诺伐之回家》、《狂想曲》,书稿译完当时没有机会出版,译稿在松江家中毁于兵燹,以后也没兴趣再重译。

当然,施蛰存对外国文学的翻译介绍并不局限于施尼茨勒。在1929年到1935年间,他以开阔的视野广泛地译介了大量外国文学的作品(不包括《现代》杂志上的译作),署名除个别外,均为施蛰存。

《拘捕》([德]格莱赛),发表于《新文艺》2卷2号,1929年4月15日。

《十日谈选》([意]濮卡屈)),上海光华书局1929年5月出版,署名柳安选译。

《俄罗斯短篇杰作集》(第一、二册),上海水沫书店1929年5月出版,收入施蛰存译文两篇:《沙夏》([俄]库普林)和《古年代记中之一叶》([俄]莱思珂夫)。

《法兰西短篇杰作集》([法]沙都勃易盎等),上海现代书局1929年8月出版,收入施蛰存译作《阿盘赛拉易之末裔》([法]沙都勃易盎)。

《近代法兰西诗人》,分别发表于《新文艺》1929年1卷3号、1卷4号和1卷5号。

长篇小说《一九〇二级》([德]格莱塞),上海东华书局1930年5月出版。

《脱列思丹》([德]托马斯曼),发表于《小说月报》21卷6号,1930年6月10日。

《薏赛儿》([英]罗兰斯),发表于《小说月报》21卷9号,1930年9月10日。

编著《魏琪尔》,商务印书馆1931年4月出版,收入王云五主编的"万有文库"第1辑。

《二祈祷者》([波兰]式曼斯奇),发表于《文艺月刊》2卷11—12号,1931年12月31日。

《恋爱三昧》([挪威]哈姆生),上海光华书局1933年6月出版,1937年5月再版。

《强性》([波兰]Stefan Zeromski),发表于《矛盾》3卷3、4期合刊,1934年6月1日。

《现代作家与将来之欧洲》([德]E. 托莱尔),发表于《文艺风景》1卷2期,1934年7月1日。

《域外文人日记抄》,上海天马书店1934年10月出版。

《宝玲小姐忆语》([意]迦桑诺伐),发表于《文饭小品》第2期,1935年3月5日。

文学理论《今日之艺术》([美]里德),商务印书馆1935年10月出版。

十二

《文学之贫困》与"纯文学"的态度

(1942年—1945年)

1942年,施蛰存作杂论《文学之贫困》,坚持"纯文学"的文学立场,遭到左翼文坛的严厉批评。

1942年　三十七岁

在厦门大学任教的聘书改称"文学院讲席",经报教育部审议评为副教授,薪水为320元。

继续写作发表杂论、译作,署名除蛰庵,均为施蛰存。

2月,作《戴亚王(后记)》。

寒假期间,用一星期时间从英译本转译德国戏剧家海尔曼·苏特曼的独幕剧《戴亚王》。

3月,作《武夷行卷小引》,署名蛰庵,收入《北山谈艺录续编》。

7月,发表《归去来辞并序》(《宇宙风》第117—118期合刊)。

9月,作杂论《文学之贫困》,发表于《文艺先锋》1卷3期(1942年11月10日)。

10月8日—12日,挚友浦江清由沪赴滇,西行昆明赴西南联大,途经福建长汀,在厦门大学与施蛰存喜相逢,宿施蛰存所住长汀饭店。施蛰存带浦江清参观厦大图书馆,逛书店,并同游苍玉洞。

是年,《高中文选》由福建省教育厅编委会发行,署名施蛰存编。

1943年 三十八岁

因在厦门大学讲授《史记》专题课,编写《读太史公自序旁札》等讲义和教材。并在厦门大学图书馆及长汀县立图书馆,阅读大量中外古今书籍,开始辑录《金石遗闻》、《宋元词话》。暑假,回上海省亲。在上海居住五个月之久,拜访了傅雷等朋友。

继续写作、发表古诗、杂论、译作,署名均为施蛰存。

4月,作古体诗《癸未春日闲居十首》,收入《北山楼诗》。

7月,翻译小说《大使夫人》([美]约翰·根室),发表于《新文学》1卷1期。

11月,发表《诗》(《万象》第3年第5期)。

12月,发表古体诗《忆旧十二绝句》(《万象》第3年第6期)。作《壬午之冬张荫麟没于遵义校斋越岁方获凶讯念在昆明时有游从之雅作诗挽之》等,收入《北山楼诗》。

1944年 三十九岁

仍在厦门大学任教。

作古体诗、散文,翻译外国小说,署名均为施蛰存:

1月,发表古体诗《春日闲居》(《万象》第3年第7期);翻译小说《婚礼进行曲》([瑞典]S.拉瑞列孚),发表于《新文学》1卷2期。

2月,翻译小说《两孤儿》([匈牙利]皮洛),发表于《新文学》1卷3期。

6月,作《〈自杀以前〉译本题记》,收入译著《自杀以前》,福建永安十日谈社1945年9月出版。

12月,发表散文《谈喝茶》(《万象》第4卷第6期)。

1945年 四十岁

3月,赴福建三元,应江苏学院之聘,任江苏学院文史系教授,薪水400元。

出版多部外国文学译著,署名均为施蛰存译。

5月,小说集《善女人行品》由上海良友图书印刷公司再版。

7月,作《〈老古董俱乐部〉引言》、《〈胜利者巴尔代克〉译者引言》。翻译小说《老古董俱乐部》([保加利亚、南斯拉夫]维列卡诺维等)和《胜利者巴尔代克》([波兰]显克微支),均由福建永安十日谈社于1945年出版。

8月,翻译小说《爱尔赛之死》,由福建南亚复兴出版社于是年出版。翻译剧作《戴亚王》([德]海尔曼·苏特曼),由福建永安十日谈社出版。①

12月,随江苏学院复原,从福建三元回到上海。

是年,翻译剧作《丈夫与情人》([匈牙利]莫尔纳)。

┈┈┈┈┈┈┈┈┈┈┈┈┈┈┈┈┈┈┈┈┈┈┈┈

1942年9月8日,施蛰存作杂论《文学之贫困》,该文发表于是年11月10日《文艺先锋》1卷3期。此文刊出后,遭到文艺界的很多针砭。

在此阶段的文坛上,关于抗战文学的态度,曾出现过

---

① 按:施蛰存为此书所写题记的标题为《[德]海尔曼·苏特曼〈戴亚王〉题记》,但此书出版时,封面的信息为"《戴亚王》,著者,德国苏特曼"。

许多分歧意见。自抗战爆发以来,广大进步的文艺工作者投身于抗日救亡的前线,创作了大量热情澎湃、通俗易懂的话剧、报告文学、诗歌等作品。面对这些洋溢着救国救亡的政治激情而艺术表现较为粗糙的大众化作品,文艺界表现出了不同的态度乃至争论。左翼文坛为一方,他们热情倡导、积极扶植这些抗战文艺及其文艺的大众化形式,张天翼犀利地指出,坚持"艺术至上主义的大爷们"是"躲在象牙之塔里","在现在,不但与抗战无关的中国人不存在,就是他要对抗战守中立——都是不可能的"。① 一些坚持自由主义立场的知识分子为另一方,梁实秋则公开提倡写一些"与抗战无关"的作品并反对"抗战八股":"现在抗战高于一切,所以有人一下笔就忘不了抗战。我的意见稍为不同。与抗战有关的材料,我们最为欢迎,但是与抗战无关的材料,只要真是流畅,也是好的,不必勉强把抗战截搭上去。至于空洞的'抗战八股',

---

① 张天翼:《论"无关"抗战的题材》,《文学月报》第1卷第6期(1940年6月15日)。

那是对谁都没有益处的。"①沈从文认为,应该给文学一种"新的态度",即努力把文学从商场和官场中解放出来,"学术的超功利观,在国家教育设计之上,已承认为学术进步的原则,无碍于政治而有助于民族发展"。②

施蛰存在《文学之贫困》一文中,坚持"纯文学"的文学本位立场,倡导文学的丰富繁荣和文学疆域的"开拓",主张文学家应该有"良好"、"优越"的"文学修养"。他说,文学作品既不能是有闲阶级的"书斋清玩",也不能使文学"为无产阶级发泄牢骚之具"。即,既不能把"文学的疆域"限制得太"狭窄",也不能把"别的一些文字撰述拉进来算作文学"。"在这个贫困的纯文学圈子里,也还显现着一种贫困之贫困的现象。抗战以来,我们到底有了多少纯文学作品?你也许会说:我们至少有了不少的诗歌和剧本。是的,我也读过了不少的诗歌和剧本,但是如果我们把田间先生式的诗歌和文明戏式的话剧算作是抗战

---

① 梁实秋:《编者的话》,重庆《中央日报》副刊《平明》1938 年 12 月 1 日。
② 沈从文:《文学运动的重造》,《文艺先锋》第 1 卷第 2 期(1942 年 10 月 25 日)。

文学的收获,纵然数量不少,也还是贫困得可怜的。"①

由此,左翼文坛很多作家对施蛰存的"纯文学"态度展开了激烈的批评。陈白尘说,施蛰存是一种"隐士式的文学家",不食人间烟火,"不与世俗同流",抗战刚刚几年,"便向人要伟大作品,似乎还过早一点。……这些'贫困得可怜'的东西到底是在抗战中和人民的鲜血一道生长起来的。……在今日的贫困中,已经预约下未来的丰收",而其《将军的头》之类的小说,才是"有闲阶级之书斋清玩"的"衰亡的文学"。② 杨华、郭沫若等人认为,梁实秋"与抗战无关论"、沈从文"反对作家从政"与施蛰存"文学贫困论",都是抗战文学"洪涛激浪的澎湃"当中"逆流的声息",他们"不屑和大众生活打成一片","放言'文学的贫困'的人,从好意去解释,大约只看到抗战初期的情形吧,但有一点是说得最为准确,便是说到了他自己的'贫困'。……尽管少许逆流在那儿翻波涌浪,中国新文

---

① 施蛰存:《文学之贫困》,《文艺先锋》第1卷第3期(1942年11月10日)。
② 白尘:《读书随笔——文学的衰亡》,《文艺先锋》第1卷第6期(1942年12月25日)。

艺思潮的本流始终是磅礴着的,始终是沿着反帝反封建的路线而前进着的"。①

施蛰存后来曾经为此作过解释,但其态度仍然说明他当时是反对文学功利论的。"我没有提倡'纯文学',不过我在1931年以后,不主张文学为政治或革命服务。《文学之贫困》一文是认为我们对'文学'的范畴应当宽一点,不要以为只有小说、诗、戏剧才是文学,因为当时文学青年的文学观念太狭小,所见所读的面不广。当时的责难,其实是因为我这篇文章发表在国民党办的《文艺先锋》,倒并不重在该文的内容。"②

---

① 郭沫若:《新文艺的使命——纪念文协五周年》,《新华日报》1943年3月27日。
② 杨义:《〈中国现代小说史〉书简录》,《新文学史料》1991年第4期。

十三

《待旦录》与"关于文艺的一些小意见"

(1946年—1947年)

散文集《待旦录》由上海怀正文化社于1947年5月出版。施蛰存解释,《待旦录》中所收录的二十三篇文章,是其在抗战期间所写散文的一部分,其中"一半是关于文艺的一些小意见","一半是絮语散文"。[1]

---

[1] 施蛰存:《待旦录·序》,《待旦录》,上海:怀正文化社1947年版,第1页。

1946年　四十一岁

春,在上海。访问了多年不见的一些老朋友,到开明书店见过叶圣陶、周予同、王伯祥、徐调孚诸人。此期间,收到叶圣陶信。信中说,朱经农将出任光华大学校长,正在组织教师班子,朱经农请叶圣陶代为征询施蛰存意见,邀请施蛰存出任光华大学中文系主任。施蛰存虽然很想回上海工作,又担心江苏学院能否同意,一时无法决定,便致函叶圣陶,请转达朱经农,且待放暑假后再作决定。

4月期间,曾到徐州江苏学院新校舍授课,任中文系教授。

7月中旬,从徐州回到上海,从刘大杰处得知江苏学院同事多人都已另寻工作,遂决定脱离江苏学院。由刘大杰、邹文海推荐,接受了暨南大学的聘书。施蛰存于7月31日到开明书店拜访叶圣陶,请其代向朱经农致歉,并婉辞光华大学的教职。

9月,在上海,应聘为暨南大学中文系教授,薪水480元,与夫人、孩子一起迁居暨南大学校舍。

是年,发表了多篇散文、杂文及译作,署名均为施蛰存。

2月,翻译小说《天才》([美]W.沙落扬)并发表于《文艺春秋》2卷3期。

3月,翻译独幕剧《情人》([西]G.M.西爱拉)并发表于《文艺春秋》2卷4期。

6月,发表散文《柚子树和雪》(《文艺春秋》2卷6期)。

7月,发表散文《他要一颗钮扣》(《文艺春秋》3卷1期)。与叶圣陶、许杰、夏衍、冯雪峰等共同署名发表《中日文艺工作者十四家对日感想》(《文艺春秋》3卷1期)。

8月,发表散文《三个命运》(《文艺春秋》3卷2期)。

9月,发表散文《栗和柿》(《文艺春秋》3卷3期)。译作《新的神话》([美]倪哥乐·杜岂)发表于《申报·春秋》1946年9月30日,施蛰存在译作后还加了一个"附注":"这是一段译文,我自己还写不出来。原文是一个在美国做作家的意大利人倪哥乐·杜岂所写,载在《同志评论》一九四六年冬季号中。"

10月,发表杂文《复兴法兰西——一段译文及一个跋语》(《申报·春秋》10月5日);同时,发表散文《在酒店里》(《文艺春秋》3卷4期),杂文《要是鲁迅先生还活着》,署名施蛰存等十五人(《文艺春秋》3卷4期);译文《一生是快乐的》([俄]柴霍甫)发表于10月28日的《申报·春秋》。

11月,发表散文《兵士的歌曲》(《文艺春秋》3卷5期)。

12月,发表《书简》(《论语》第119期)。

是年4月10日,与周熙良合编的以翻译为主的刊物《活时代》创刊,共出三期。还接替崔万秋主编《大晚报》副刊,为时三个月。

是年,曾作童话《鹦鹉的回家》,发表于上海《少年世界》1946年第1卷第4期。

是年,还计划写一部长篇小说《浮沤》,以记录抗战期间的社会生活。但内战又起,社会动荡不安,终未能如愿。

1947年 四十二岁

继续在暨南大学任教,薪水500元。同时,在上海师范专科学校兼职任教。应孔令俊之邀,担任春明出版社编辑,仅三个月即辞职。

是年,继续作杂文、散文多篇,署名均为施蛰存。

1月,发表《书简(二)》(《论语》第120期)。

3月,作《〈待旦录〉序》,发表笔谈《推荐新人问题笔谈会》(《文艺春秋》4卷3期)。

4月,发表杂文《拟客座谈录第八》(《文艺春秋》4卷4期)。相片"施蛰存先生近影"、"写作时的施蛰存先生"、"书简一页(手迹)"刊载于《文艺春秋》4卷4期。

7月,发表小说《超自然主义者》(《文潮月刊》3卷3期)。

8月,发表散文诗《女体礼赞》(《文艺春秋》5卷2期)。

11月,发表杂文《与客谈自杀》(《论语》第142期,12月1日)。

12月,发表散文《一个永久的歉疚》(《申报·文学》第5期);译文《两个婴儿》([黎巴嫩]K.纪伯兰)发表于《申报·文学》第4期。小说集《四喜子的生意》由博文书店于本月出版。

....

散文集《待旦录》由上海怀正文化社于1947年5月

出版,是施蛰存的第二本散文集,收入"怀正文艺丛书"。

《待旦录》书前有作者序,内收散文二十三篇,第一辑:《爱好文学》、《罗曼罗兰的群众观》、《新文学与旧形式》、《再谈新文学与旧形式》、《灵心小史》、《儿童读物》、《尼采之〈中国舞〉》、《一位性学家所见的日本》、《文学之贫困》、《怎样纪念屈原》、《〈路灯与城〉序》,第二辑:《跑警报》、《米》、《三个命运》、《山城》、《他要一颗钮扣》、《老兵的小故事》、《驮马》、《浮海杂缀》、《河内之夜》、《怀念云南大学》、《栗和柿》、《关于图书馆》。

关于《待旦录》的书名,施蛰存解释其涵义只在于"我期待":"我并没有耽在沦陷区里,所以这'待旦'二字并没有上海人所谓'等天亮'的意味。我对于抗战大业,并没有尽过参加作战的责任,所以也不是取'枕戈待旦'的意义。这个'旦'字,只是《卿云歌》里的'旦复旦兮'的意思,或者也可以说是《诗经》里的'女曰鸡鸣,士曰昧旦'的'旦'字。"①

《待旦录》中所收二十三篇文章分为两辑,如施蛰存

---

① 施蛰存:《〈待旦录〉序》,《北山散文集》第三辑,上海:华东师范大学出版社2011年版,第1358页。

所说,其中一半是抗战期间"关于文艺的一些小意见",一半是抗战期间所见所闻所感的"絮语"。

关于《待旦录》第一辑中辑录的"关于文艺的一些小意见",施蛰存也曾专门作过说明:"在第一辑所收的几篇文字中,也颇有几篇引起过文艺界同人的针砭。例如关于新文学与旧形式的那两篇,曾经有林焕平先生为文表示过异议。《文学之贫困》那篇文章,曾引出了茅盾先生的诋诃。《爱好文学》那篇文章在昆明《中央日报》副刊《平明》(凤子主编)上发表以后,曾有一位隐名作家呵责过,说是我在不准青年从事写作,大有垄断作家特权的野心。"① 其中,《新文学与旧形式》、《再谈新文学与旧形式》分别写于 1940 年 8 月 2 日和 5 日,《爱好文学》写于 1941 年 12 月。此时的文坛,正在进行着颇为热闹的关于文学大众化"民族形式"问题的讨论。"文协"提出"文章下乡、文章入伍"的口号,大力倡导"文艺大众化"的形式,作家、理论家们纷纷提出自己关于"利用旧形式"、"旧瓶装新

---

① 施蛰存:《〈待旦录〉序》,《北山散文集》第三辑,上海:华东师范大学出版社 2011 年版,第 1357 页。

酒"等问题的意见,争论颇为激烈。施蛰存没有直接参加到这些论辩之中,但此时写的这几篇"关于文艺的一些小意见",既表达了自己对于当时文艺界热点理论问题的关注,也明确表达出自己一贯坚持的从文学本质出发、从创造性出发的文学立场。在施蛰存看来,当前许多新文学作者因为总是感到自己的文章"不够下乡,不够入伍",于是乎便"碰鼻头转弯",转到去"利用旧形式"了。如此这般"以写文章尽其宣传之责","当然是一个大悲哀","新酒虽然可以装在旧瓶子里,但若是酒好,则定做一种新瓶子来装似乎更妥当些。……我希望目下在从事写作这些抗战大鼓、抗战小调的新文学同志各人都能意识到他是在为抗战而牺牲,并不是在为文学而奋斗"。① 施蛰存主张,在文学创作中,无论是内容还是形式,其本质都在于艺术的"创造性","技巧在文学创作上是最小的因素,然而这最小的因素也得有创造精神。……用别人的形式为自己的形式,用别人的内容为自己的内容,表里都丝毫没

---

① 施蛰存:《新文学与旧形式》,《北山散文集》第二辑,上海:华东师范大学出版社2011年版,第558—559页。

有创造性,即使看得过去也还是一个没有灵魂的傀儡"。① 鉴于当时文坛的局面和作家个体的差异,还是"各人走各人的路"好,"我以为新文学的作家们还是应该各人走各人的路。一部分的作家们可以用他的特长去记录及表现我们这大时代的民族精神,不必一定要故意地求大众化,虽然他的作品未尝不能尽量地供一般人阅读。技巧稚浅一点的作家们,现在不妨为抗战而牺牲,编一点利用旧形式的通俗文艺读物以为抗战宣传服务"。②

《待旦录》第二辑中辑录的散文,大多是抗日战争时期的所见所闻和记人记事。文字朴实无华,又不乏幽默深刻,既写出了战乱之时平民百姓的生活现实,也表达出了自己战时的一些切身体验和愤懑感慨。例如,《跑警报》是写战时昆明空袭时的"惨状",警报发作时,城里所有的钟都响起来了,在各种各样的"钟的合奏"中,"人们开始乱逃

---

① 施蛰存:《爱好文学》,《北山散文集》第二辑,上海:华东师范大学出版社 2011 年版,第 590—591 页。
② 施蛰存:《再谈新文学与旧形式》,《北山散文集》第二辑,上海,华东师范大学出版社 2011 年版,第 562 页。

乱跑,但谁也不知道该跑到那儿去"。《米》写抗战期间"米价猛涨",同时发出感叹:"米价是不可思议的贵,民众是不可思议的驯良。"《他要一颗钮扣》通过一个伤员的悲剧故事来书写前线普通士兵平凡的心灵和艰苦的生活。一个左手被炸掉了手掌的伤兵,面对慰劳队送来的毛巾、肥皂、点心等慰劳品,却叮嘱人家:"下回送东西给前线的弟兄,千万不要忘了针线和钮扣,喂,钮扣最要紧。"原来部队发下的军衣,没有一个扣子是"安牢的",穿着丢了扣子的棉衣,冷风直吹入脖子里。这个战士就是因为想从死了的东洋兵衣裳上取下一颗扣子,结果被子弹击中而负伤。

如《待旦录》再版《出版说明》所言:"施蛰存初期致力于写现代派诗,后又致力于心理分析小说的创作。但他的散文却写得平实别致,与现代派的关系不深。他的散文大都迂回入题,宛转幽雅而引人入胜。……笔触细致,以其一丝不苟的写实风格征服了读者,当然也不乏诗情,显示了作者写小说与诗歌对其散文创作的影响与帮助。"[1]

---

[1] 《出版说明》,《待旦录》,施蛰存著,北京:中国文联出版公司1993年版。

十四

"西窗"与西学东渐的努力

(1948年—1956年)

施蛰存说:"我一生开了四扇窗子。第一扇是文学创作,第二扇是外国文学翻译,另外则是中国古典文学与碑版文物研究两扇窗子。"①相比较于"东窗"的古典文学、"南窗"的新文学创作与"北窗"的金石碑版文物考古研究,"西窗"的外国文学译介和研究,是伴随其一生的事业。当然,这种"西学东渐"的工作,在不同历史时期也有不同的侧重倾向。

施蛰存自述:"解放初期的五六年间,我的业余时间都花费在外国文学的翻译工作,前后译出了二百多万字的东欧、北欧及苏联小说。"②

---

① 葛昆元:《"我一生开了四扇窗子"》,《书讯报》1985年11月5日。
② 施蛰存:《我治什么"学"》,《书林》1984年第2期。

1948年　四十三岁

在暨南大学任教,薪水520元。仍兼职于上海师范专科学校。

发表散文、杂论、随笔多篇,署名均为施蛰存。

1月,作杂论《释"回施"》(《申报·文学》第7期)、散文《二俑》(《文艺春秋》6卷1期)。

2月,发表随笔《过年》(《论语》第147期)。小说集《四喜子的生意》由博文书店出版。

6月,发表散文《赋得睡》(《论语》第155期)。

7月,翻译小说《凯丝达》([德]凯赛林)发表于《文讯》9卷1期。

9月,译作《丈夫与情人》、《称心如意》与《胜利者巴尔代克》,均由上海正言出版社出版,收入"域外文学珠丛"第1辑。

是年,在姚蓬之的作家书屋偶遇冯雪峰,言不及义,匆匆分手。

1949年 四十四岁

继续在暨南大学任教,并兼职于上海师范专科学校。

1月,作杂文《再"过年"》并发表于《文艺春秋》8卷1期,署名施蛰存。

3月,周作人从南京出狱,寓居横浜桥尤炳圻家约半年,两人相晤数次。周作人赠施蛰存一页书法的诗笺:"清逸先生百世师,通书读过愧无知。年来翻遍濂溪集,祇纸蓬窗夜雨诗。"周作人可谓施蛰存的文学前辈。1935年施蛰存为上海光明书局编《晚明二十家小品》,曾请周作人为封面题签。直至20世纪50年代后,周作人遭人唾弃,落魄寂寞,施蛰存一如既往地与之书信往来,每赴京都亲往造访。

1950年 四十五岁

2月28日,好友戴望舒病逝于北京。

上半年,在上海光华大学、大同大学兼课。暑假后,到大同大学文学系任教授兼任系主任。

1951年　四十六岁

上半年,仍在大同大学兼职任教。

秋季,离开大同大学,由徐中玉介绍到沪江大学文学系任教授,薪水310元。沪江大学原是美国教会办的私立大学,学校待遇稳定,住宿条件宽敞。中文系教授只有朱东润、余上沅、施蛰存、章靳以、朱维之、徐中玉六人,所以任课较多,每周须上九到十二节课。

同时,施蛰存也在光华大学兼课。

5月,开始翻译保加利亚作家伊凡·伐佐夫的长篇小说《轭下》,11月脱稿。

10月,在上海锦江饭店会见保加利亚文化访问团团长、诗人季米特尔·伯列扬诺夫和小说家乔治·卡拉斯拉沃夫,请教《轭下》译文中的一些注释问题。

是年,翻译俄国作家格里戈洛维岂的小说《渔人》,署名曾敏达,该译作由上海文化工作社出版。

1952 年　四十七岁

上半年,在沪江大学参加思想改造运动。思想改造运动的目的在于批判知识分子的资产阶级思想,批判自己过去所接受的剥削阶级教育对学生的危害,继而转到工人阶级立场上来。中文系教师自成一组,章靳以是组长,在章靳以住处开会,有学生代表及一位干部参加。各种大会小会连续开了两三个月,由每位教员自述自己过去的经历,谈对改造的看法,进行解放前后的对比和自我检讨,互相帮助。施蛰存等六位教授的学习改造过程逐一通过。

秋季,全国性高等学校院系调整,教会大学被取消,施蛰存与徐中玉同被分配到华东师范大学中文系,任教授,工资为 180 元,迁回愚园路歧山村居住。院校调整后,教师的人数多了,每人任课少了。施蛰存开始主持外国文学教研组,后又改为主持古代文学教研组,其兴趣也已经转到古代文学方面了。自此以后,便一直在华东师范大学任教,始终没有再离开。

冬,父亲去世,葬于杭州溪上西木坞玉屏山。

是年,冯雪峰主持人民文学出版社工作,邀请施蛰存参加编辑工作,施蛰存复信婉谢。此后,二人再也没有联系。

2月,作杂论《伊凡·伐佐夫及其〈轭下〉》。

4月,译著《轭下》([保加利亚]伊凡·伐佐夫),上海文化工作社出版,收入"文化工作社世界文学译丛"。

1953年 四十八岁

11月11日,在华东师范大学中文系学术报告会上作题为"论文学语言"的报告,报告文字稿后收入《文艺百话》。

出版多部苏联等国作家的文学译著,署名除曾敏达,均为施蛰存。

1月,翻译小说《第九个浪头》([苏]伊里亚·爱伦堡),由上海文化工作社出版,5月再版。

3月,翻译小说《荣誉》([苏]戈美尔·巴希洛夫),由上海文化工作社出版。

9月,翻译小说《火炬》([匈牙利]莫列支),由上海国际文化服务社出版。

是年,署名曾敏达译的翻译小说《渔人》([俄]格里戈洛维岂)由上海文化工作社再版。

1954年 四十九岁

工资调整为三级教授的标准,为256元。主要精力用于外国文学的翻译。

6月,署名施蛰存译的翻译小说《轭下》由(北京)作家出版社重新出版。

是年,翻译丹麦作家尼克索的长篇小说《征服者贝莱》。

1955年 五十岁

2月,赴北京参加由茅盾主持的外文出版社召开的《宋元平话小说选》座谈会,并看望了浦江清等数位在京友人。

出版多种译著:

4月,译作《显克微支短篇小说集》([波兰]显克微支)由(北京)作家出版社出版,署名施蛰存、周启明译。

6月,作《马丁·安德逊·尼克索》,悼念丹麦作家尼克索。

11月,译作《尼克索短篇小说选》([丹麦]尼克索)由上海文艺联合出版社出版,署名施蛰存等译。

1956年 五十一岁

作论文《汉乐府建置考》,在华东师范大学中文系学术报告会上宣读。

赴北京参加教育部召开的高校语文教材讨论会议。其间看望了沈从文。

10月14日,参加鲁迅先生逝世二十周年纪念迁墓仪式,后作《吊鲁迅先生诗并序》,发表于10月23日《文汇报》,署名施蛰存。

同年,继续作散文、杂文,翻译外国文学,署名均为施蛰存。

1月,翻译小说《征服者贝莱》第一卷([丹麦]马丁·安德逊·尼克索),由(北京)作家出版社出版。

6月,《洛尔伽诗钞》(〔西班牙〕费·迦·洛尔伽),由(北京)作家出版社出版。

9月,为翻译的以色列女作家罗丝·吴尔的十四篇儿童文学故事作题记,即《〈智慧帽〉译者题记》。①

10月,作《闲话重阳》并发表于《文汇报》10月12日。

11月,作《夏原和知识分子》并发表于《文汇报》11月25日。

12月,作《咬文嚼字》并发表于《文汇报》12月15日。

是年,译作《智力帽和其它故事十三篇》(〔以色列〕罗丝·吴尔)由上海少年儿童出版社出版;译作《雷蒙特短篇小说集》(〔波兰〕雷蒙特)由(北京)作家出版社出版。

在"西窗"这一外国文学的译介和研究领域,施蛰存耗费了大量的精力,他也极为重视这种"西学东渐"的工作。他说:"大量外国文学的译本,在中国读者中间广泛地传布了西方的新思想、新观念,使他们获得新知识,改

---

① 按:此书出版时书名改为《智力帽和其它故事十三篇》。

变世界观。使他们相信,应当取鉴于西方文化,来挽救、改造封建落后的中国文化。"①施蛰存的外国文学翻译不是简单机械的文字译介,而是带有鲜明的选择性和倾向性,蕴藉着自己独到的思想观点和审美体验,且不同历史时期有不同的侧重。

其"西窗"译介研究的第一个时期为20世纪20年代末至30年代初,施蛰存作为"中国现代派文学最早的开拓者之一",翻译了被称为弗洛伊德在文学上的"双影人"的奥地利作家施尼茨勒的很多作品,以及现代主义倾向比较鲜明的作品和文论。

抗战爆发后特别是1936年以后,是其"西窗"译介研究的第二个时期,彼时施蛰存的翻译重心开始转向东欧、苏联及一些弱小民族文学。在抗战时期,施蛰存对外国文学的翻译介绍侧重于东欧弱小民族的文学作品。施蛰存以为,这些弱小国家的民族命运、历史重轭和"人生各方面的悲哀情绪"与中国相似,令人感动,"我怀念着巴

---

① 施蛰存:《西学东渐与外国文学的输入》,《中国文化》1991年12月31日。

尔干半岛上的那些忠厚而贫苦的农民,我怀念着斯干狄那维亚的那些生活在神秘的传说与凛冽的北风中的小市民及渔人。我觉得距离虽远,而人情却宛然如一。在我们的农民中间,并不是没有司徒元伯伯,而在我们的小城市中,也有很多同样的'老古董'"。① "最先使我对于欧洲诸小国的文学发生兴趣的是周瘦鹃的《欧美短篇小说丛刊》,其次是《小说月报》的《弱小民族文学专号》,其次是周作人的《现代小说译丛》。这几种书志中所译载的欧洲诸小国的小说,大都篇幅极短,而又强烈地表现着人生各方面的悲哀情绪。这些小说所给我的感动,比任何一个大国度的小说所给我的更大。……所可惜的是我们的作家们却从来没有能这样经济又深刻地把他们描写出来,于是我们不能不从旧杂志堆里去寻觅他们了。"②

新中国成立后,施蛰存除华东师范大学的教学工

---

① 施蛰存:《〈称心如意〉译者引言暨跋语》,《北山散文集》第三辑,上海:华东师范大学出版社2011年版,第1341—1342页。
② 施蛰存:《〈称心如意〉译者引言暨跋语》,《北山散文集》第三辑,上海:华东师范大学出版社2011年版,第1341—1342页。

作外,主要从事外国文学的翻译工作。从1950年到1957年,因忙于思想改造,适应新环境,施蛰存极少在报刊上发表文章,但这一时期却成了他译述外国文学的丰收季节,他大约译了二十多本东欧及苏联的文学作品,约两百万字,这是施蛰存"西窗"译介研究的第三个时期。

20世纪80年代以后,获得新生的施蛰存又做了许多编辑翻译外国文学作品的工作,2002年获上海翻译家协会授予的"中国资深翻译家"荣誉称号,这可谓是施蛰存"西窗"译介研究的第四个时期。

在"西窗"译介研究的第三个时期,施蛰存的译介选择集中于苏联及东欧等国的文学作品,这些选择和译介鲜明地体现出施蛰存对苏联及东欧各弱小民族文学的关注。在思想内容方面,他关注这些国家和人民中间的民族意识、人文意识、民主主义思想,及其作品中流淌的自强不息、自由、平等、博爱的精神。例如,施蛰存翻译伊凡·伐佐夫的《轭下》,意在歌颂保加利亚人民反抗暴政、争取民族独立的爱国主义精神。"在伊凡·伐佐夫这位热爱祖国、反抗土耳其暴虐统治的民主作家一生的作品中,鲜活地反映了保加利亚的最为重要的半世纪的历史。他是这一时期的保加利亚人民的代言人,他的思想和工作都是和他的祖国的及其苦难的人民联系在一起的,所以他至今还受到保加利亚人民的崇敬,而成为保加利亚民族文学的典范作家。"① 在艺术手法方面,施蛰存也欣赏这些作家出色的现实主义表现艺术。例如,俄罗斯作家格里戈洛维岂的《渔人》描写农民生活的现实主义艺术:"格里戈洛维岂底描写农民生活,特别着力于他们的内心生活,从这种内心生活,怎样发展成他们的外表生活。……但是它却老老实实地把一群俄罗斯渔人底性格与生活显示给我们,让我们自己从他们的平凡的日常生活中看出他们的伟大与美丽。"② 同时,施蛰存的每一部译作都附有《题记》、《译序》、《译跋》、《译者序》、《译后记》、《译者引言》、《译者附记》、《译者题记》、《译者附言》等,或介绍原作者生平、创作经历及其国家的文学史发展

---

① 施蛰存:《〈轭下〉译者题记》,《北山散文集》第三辑,上海:华东师范大学出版社 2011 年版,第 1364 页。
② 施蛰存:《〈渔人〉译者题记》,《北山散文集》第三辑,上海:华东师范大学出版社 2011 年版,第 1369—1370 页。

历史趋势,或分析译作的思想内容、艺术方法及其价值意义,充分而明确地表述了自己选择并翻译此部作品的目的、意义和翻译过程中的一些具体态度。

施蛰存的翻译态度是十分认真的。对每一部作品,他都力求完整、准确和注释的充分。例如在翻译保加利亚作家伊凡·伐佐夫的小说《轭下》时,施蛰存最早是在20世纪30年代接触到保加利亚原文单行本,约在1946年又在上海旧书摊找到了《轭下》的英译本。在翻译过程中,施蛰存发现有许多关于土耳其或保加利亚的历史、风俗、服饰等专有名词,不易了解或不知如何准确达意,虽然英译本有少许注释,但施蛰存"嫌不够"。他又找来1950年莫斯科的俄译本《伐佐夫选集》,将俄译本卷末附有的较多注释翻译过来,补充到先前的译文里。但是施蛰存还嫌不够,觉得还有许多地方会引起我们的疑问,便通过吕叔湘先生介绍,把几条疑问写给在清华大学留学的保加利亚学生祁密珈女士,请她逐一解释清楚。后来祁密珈女士来上海,帮助施蛰存改正了几条注解,解决了一些疑问。再后来,保加利亚文化访问团来中国,施蛰存又把许多问题整理了一下,前去会晤,双方"毫不感到隔阔地解决了许多未决的疑问"。① 最后,施蛰存把英译本、俄译本及保加利亚原本反复对照之后,加上了经过自己反复考证过的许多注释,才使译本脱稿。

施蛰存认为,外国文学译介工作的意义是极为重大的。大量的外国文学输入到中国,不仅在文学本体方面改变了文学语言、创作方法及文学的价值意义,也改变了知识分子乃至中国人的文学观念和思想观念。施蛰存六十多年的翻译经历和一千多万字的翻译作品,不仅为中国现当代文学宝库提供了丰富的艺术资源,也透视出其深刻的翻译思想和严谨的翻译品格,成为中国翻译史上的典范。

从1936年至解放初期的五六年间,施蛰存翻译了十多部外国文学著作,署名多为施蛰存译。

《匈牙利短篇小说集》([匈牙利]克思法路提等),上海商务印书馆1936年9月出版。

《波兰短篇小说选》([波兰]式曼斯奇等),上海商务

---

① 施蛰存:《〈轭下〉译者题记》,《北山散文集》第三辑,上海:华东师范大学出版社2011年版,第1367页。

印书馆 1936 年 9 月出版。

长篇小说《劫后英雄》（[英]司各脱），昆明中华书局 1939 年 8 月出版，1947 年 10 月再版。

东欧诸国短篇小说集《老古董俱乐部》（[保加利亚、南斯拉夫]维列卡诺维等），福建永安十日谈社 1945 年 10 月出版；又名《称心如意》，上海正言出版社 1948 年 9 月出版。

剧作《戴亚王》（[德]苏特曼），福建永安十日谈社 1945 年 8 月出版。

《胜利者巴尔代克》（[波兰]显克微支），福建永安十日谈社 1945 年 12 月出版，上海正言出版社 1948 年 9 月再版。

剧本《丈夫与情人》（[匈牙利]莫尔纳），福建永安十日谈社 1946 年 1 月出版，上海正言出版社 1948 年 9 月再版。

长篇小说《渔人》（[俄]格里戈洛维岂），上海文化工作社 1951 年出版，1953 年再版，署名曾敏达。

长篇小说《轭下》（[保加利亚]伊凡·伐佐夫），上海文化工作社 1952 年 4 月出版，（北京）作家出版社 1954

年6月出版,人民文学出版社1982年再版。

长篇小说《第九个浪头》([苏]伊里亚·爱伦堡)署名施蛰存、王仲年、王科一合译,上海文化工作社1953年1月出版。

长篇小说《荣誉》([苏]戈美尔·巴希洛夫),署名施蛰存、朱文韬合译,上海文化工作社1953年3月出版。1957年改署名为陈蔚,经朱文韬的俄文校对,由人民文学出版社重版。

长篇小说《火炬》([匈牙利]莫列支),上海国际文化服务社1953年9月出版。

《显克微支短篇小说集》([波兰]显克微支),(北京)作家出版社1955年4月出版,署名施蛰存、周启明译。

《尼克索短篇小说选》([丹麦]尼克索),上海文艺联合出版社1955年11月出版,署名施蛰存等译。

儿童故事集《智力帽和其它故事十三篇》([以色列]罗丝·吴尔),上海少年儿童出版社1956年出版。

《雷蒙特短篇小说集》([波兰]雷蒙特),(北京)作家出版社1956年出版。

长篇小说《征服者贝莱》([丹麦]马丁·安德逊·尼

克索),第一卷、第二卷分别由作家出版社于1956年、1957年出版,署名施蛰存译。第三卷、第四卷分别由人民文学出版社于1958年、1959年出版,署名陈蔚译。

十五

《才与德》与"元祐党人"

(1957年—1961年)

施蛰存以北宋年间遭流贬的元祐党人自比："想不到偏偏就是由于一篇千字小文,被列入为'五类分子'中最低微的一类,做了二十年'元祐党人'。在这二十年中,人身自由和发表文章的自由,都被禁锢,我没有再写杂文的机会。"①

施蛰存在"改造思想"的同时,一方面继续从事苏联及东欧等弱小民族文学的翻译,另一方面开始移情于金石碑版、鼎彝古器铭文拓本等方面的研究。

---

① 施蛰存:《序引》,《文艺百话》,上海:华东师范大学出版社1994年版,第2页。

1957年 五十二岁

2月,母亲去世。

上半年,继续从事外国文学的译介工作。

4月,作《狄根司小说中的旅店》,后收入《文艺百话》。

5月,翻译小说《征服者贝莱》第二卷([丹麦]马丁·安德逊·尼克索),(北京)作家出版社出版,署名施蛰存译。

是年,开始把自己的兴趣逐渐再次转向金石碑版、鼎彝古器铭文拓本等方面。

1958年 五十三岁

8月,施蛰存被错划为"右派"分子。工资降级为180元,稿费收入亦断绝。被迫退出居住的三楼全部两间住房。原编译的作品全部不能出版,文章不能发表。已排版的译作《天使英雄》也撤除。

11月,与徐中玉、许杰等"右派"分子一起下放到上海郊县嘉定农村劳动三个月。

是年,撰写《忆云词甲乙稿》跋文,抄《陈令望心经碑》等金石遗闻多篇。

翻译小说《征服者贝莱》第三卷([丹麦]马丁·安德逊·尼克索),人民文学出版社出版,署名陈蔚译。

1959年　五十四岁

1月,继续在嘉定劳动。

2月,劳动结束,从嘉定农村回到华东师范大学,在中文系参加政治学习。

9月,开始在华东师范大学中文系资料室工作,编辑资料,整理图书报刊。

同年,开始转向古典文学,特别是词的研究,开始纂辑《词学文录》。同时抄录了大量历代词籍的序跋题记、金石遗闻等。

1月,作古诗《谪居一首——己亥在嘉定作》等,收入《北山楼诗》。

8月,撰写《楚石大师北游诗抄本》跋文。

10月,撰写《鸭东四时杂词》跋文。

是年,翻译小说《征服者贝莱》第四卷([丹麦]马丁·安德逊·尼克索),人民文学出版社出版,署名陈蔚译。

1960年 五十五岁

因华东师范大学缺乏教师,被破例允许"戴帽"上课。

在外国文学的译介方面:翻译外国诗人夏芝、保尔·福尔、耶麦等的诗作。译作《荣誉》由人民文学出版社再版,署名陈蔚。计划编译《欧洲近代独幕剧集》、《意大利中古小说集》、《洛尔伽戏剧集》等。

开始阅域外残本《永乐大典》,录出宋金元词一百余首。

10月,大妹施绛年在台湾病逝。

1961年 五十六岁

5月,到嘉定入社会主义学院学习。

9月,学习结束,返回华东师范大学。

10月,被告知已摘去"右派帽子",仍在华东师范大学中文系资料室工作。

11月,撰写《水经注碑录》的序文。

"反右"之后,施蛰存的职务、学衔、原工资都被撤销,在系资料室搬运图书、打扫卫生等,仍继续铢积寸累,夜间回家也偷偷读书做学问。此时只领100余元的生活费,夫人持家无收入。只能抽8分钱一包的"生产牌"劣烟,每天上下班原须坐四站公共汽车,也常安步当车,还多次随学生下乡劳改。

是年,完成写作《水经注碑录》,开始写作《太平寰宇记碑录》。大量阅读有关金石学方面的书籍以及各种词籍。除经常购买碑版拓本,还常去旧书店访古旧书画、诗词古籍。大多利用晚上翻译西方文学史上未能提及的文学小品,包括许多散文诗。同时,继续纂辑《词学文录》、抄写金石遗闻等。

11月5日,作《〈水经注碑录(序)〉》,后收入《北山谈艺录》。

....

1958年8月,施蛰存被错划为"右派"分子。

施蛰存被划为"右派"分子的直接原因,是源于《才与德》一文。施蛰存的杂文《才与德》发表于《文汇报》1957年6月5日。在文章中,施蛰存从纯粹学理的视角,或是一种文学文化视域的客观性、普遍性的态度来论证了"才"与"德"之间的辩证关系,"衡量人品的标准,大致不外乎'才'与'德'。才有通才,有专才;德有盛德,有美德。通才与盛德,可说全面发展,专才与美德,仅是一节之长。具有通才或盛德,已极不易,才德兼备,更是难得。大抵承平之世,丰于德而啬于才者较多;……方今国家任用领导干部,显然有任德不任才的倾向,……从历史上来看,英俊有为之君,总是任人以才的,只有比较保守的帝王,才任人以德。然而也必须是继世之君方可。若创业开国之君,则天下离乱方定,如果无才俊之士,相与共治天下,单靠几个拘拘于小德的乡愿,那是打不开大局面来的"。①

《才与德》一文发表后,即受到批评。1957年6月22日,在中国作家协会上海分会一部分会员的座谈上,讨论毛泽东的《关于正确处理人民内部矛盾的问题》,会上有人发言批判施蛰存的"乱世说和才与德"。7月3日,中

---

① 施蛰存:《才与德》,《文汇报·笔会》1957年6月5日。

国作家协会上海分会召开反右派斗争座谈会,揭发和批判文学界中右派分子许杰、孙大雨、施蛰存、徐仲年的反党反人民言行。7月30日,《文汇报》发表社论:"中国作家协会上海分会在最近一月来连续举行了多次反右派斗争的座谈会,对上海文学界的右派分子许杰、徐中玉、孙大雨、施蛰存、徐仲年等的反党反社会主义反人民的言行,进行了无情的揭发和说理斗争,剥下了他们的皮,显出了他们的原形。"[1]9月4日,《解放日报》发表了巴金等作家联名撰写的《进一步开展文学界的反右派斗争》,文章说:"中国作家协会上海分会,已经揭露了右派分子许杰、徐中玉、施蛰存和党内右派分子王若望……对于这些右派分子,我们已经举行过全体会员的座谈会11次,小型会20多次。我们一定要把这个斗争搞得深入透彻,打垮右派分子的一切阴谋诡计,要右派分子低头认罪,重新做人。"[2]

---

[1] 《上海作家们,进一步深入展开反右派斗争》,《文汇报》1957年7月30日。
[2] 巴金、周而复、柯灵、唐强、章靳以、郭绍虞、赵家璧、严独鹤、罗樱南:《进一步开展文学界的反右派斗争》,《解放日报》1957年9月4日。《人民日报》1957年9月18日转载。

与此同时,华东师范大学也开始了声势浩大的反右运动,师生们纷纷写文章揭发、批判施蛰存的"罪行"。1957年6月26日,华东师范大学召开全校师生大会,批判施蛰存。① 当时对施蛰存的批判斗争可谓暴风骤雨式的,诸如:江显良的《华东师大一月》(《文汇报》1957年7月26日),鲁瑛、杨美蓉的《经历了一场风暴的锻炼——记师大反右派斗争前后》(《解放日报》1957年8月8日),徐震堮的《施蛰存应该端正对待改造的态度》(《华东师范大学校报》1957年7月3日),以及《本校工会集会抨击施蛰存》(《华东师范大学校报》1957年7月15日)等。在批判施蛰存的运动中,理论界、文艺界中较有影响的人物在重要报刊上发表了文章,如,姚文元写了《对党领导的态度是辨别右派分子的试金石》(《文汇报》1957年6月28日)、《鲁莽耍的是什么把戏?》(《解放日报》1957年6月29日)、《驳斥施蛰存的谬论》(《文艺月报》1957年第55期),以群写了《施蛰存并未"做定了"第三种人》(《文艺月报》1957年第56期)等。这些文章奠定了批判施蛰存的

---

① 《华东师大召开全校师生员工大会》,《解放日报》1957年6月27日。

主调,即,施蛰存已经从"第三种人"转变为反社会主义的"第二种人"了。"但我以为,他(施蛰存)是有变化的。——由'第三种人'变成了第二种人。历史给他提升了一级。……到社会主义革命时期,他却以在拥护共产党、拥护社会主义的人民之外的反对共产党、反对社会主义的第二种人的姿态,挺身而出,施放冷箭了。"①

当时,也有一些同事和朋友,如上海作协副主席、华东师范大学中文系主任许杰,相濡以沫共同走过五十多年岁月的徐中玉等人,不惧危险,坚持正义,为老朋友鸣不平。有文章记载:当时许杰在华东师范大学中文系大会上主张为右派分子施蛰存伸冤并要求大家支持时,全场默然,而徐中玉却以会议主席的身份首先鼓掌帮场。②也有文章批判徐中玉对施蛰存的袒护:"徐中玉还同情'第三种人'施蛰存,认为大家对他的帮助'太过分了'。徐中玉对施的作品《才与德》十分赞同,并发表了比《才与德》更为侮辱党员的文章。"③

---

① 姚文元:《驳斥施蛰存的谬论》,《文艺月报》1957年第55期。
② 《只有彻底交代才能回到人民怀抱》,《解放日报》1957年7月26日。
③ 本报讯:《徐中玉反党言行欲盖弥彰》,《文汇报》1957年7月24日。

十六

金石碑版与"北窗"的兴趣

(1962年—1977年)

施蛰存自述自己的"治学":"一九五七年以后,才重又回到古典文学的阅读和研究,主要是对唐诗宋词做了些考索工作。但就在同时,我的兴趣又转移到金石碑版。陆续写成了《水经注碑录》、《诸史征碑录》、《唐碑百选》、《北山楼碑跋》等十多种著作。"①

在施蛰存一生所开的"四扇窗子"中,除了古典文学、新文学创作、外国文学翻译三"窗"之外,对于文物考古、金石碑版的研究也是其"一生所好"的"兴趣",他称这扇窗为"北窗","姑以寓心,亦以娱老"。②

---

① 施蛰存:《我治什么"学"》,《书林》1984年第2期。
② 邢晓芳:《施蛰存一生治学"四扇窗"》,《文汇报》1999年12月13日。

1962年　五十七岁

回到中文系,给华东师范大学中文系学生教英语。

1月,作《〈后汉书征碑录〉跋》,完成《后汉书征碑录》。

3月,续作辑录《金石遗闻》。

10月,作《〈蛮书征碑录〉跋》,完成《蛮书征碑录》。

主要致力于古典文学、碑拓等方面,阅《隋书》《海日楼札记》《春在堂随笔》《郎潜纪闻》,阅宋人词籍、笔记、小说等,撰写读词杂记和汉、魏、隋唐各种碑跋。抄金石遗闻等。检本年所购碑版拓本,凡唐碑十纸,唐墓志七纸,晋碑一纸,是近五年以来"所得最少"的。撰写《词学文录》序文,并开始作《历代词选集叙录》,历时近四年,写成四十二篇。

1963年　五十八岁

3月30日,为华东师范大学学生作关于《长生殿传奇》的报告。

6月6日至8日,参加"五反"运动。

7月11日至13日,连日辅导学生应考,考后阅卷,阅卷毕与助教分析比较学生的考试成绩与平时成绩。

1月,阅清人笔记。继续作碑跋,写读词札记,辑录《金石遗闻》。

2月,作古体诗《望舒逝世十三载矣时人罕复齿及忽见吴晓铃有文怀之因感赋》,纪念戴望舒逝世十三周年,收入《北山楼诗》。

3月,完成撰写《三国志征碑录》并作跋文。

4月,作论文《南唐二主词叙论》并发表于《中华文史论丛》第十五辑(1980年第3辑),署名施蛰存。

5月,作杂论《匹克威克之旅馆》;阅《印度文学史》、《波斯古典文学史》,整理印度、波斯、阿拉伯诸国古代小说英译本目录,编成卡片,拟续写1941年所作《古代小说史话》。

7月,完成撰写《隋书征碑录》并作跋文。

10月,始选《宋花间集》并作叙引。

11月,开始作《云间小志》,后又改名为《华亭别志》、《云间语小录》。

12月,完成撰写《魏书征碑录》并作跋文。

是年,撰写《北山楼碑跋》、《云间词人姓氏录》;阅《魏书》、清人笔记;抄写金石遗闻及《云间词人小传》;读唐宋词人年谱等,作词话多篇。

1964年　五十九岁

比较频繁地参加学校方面组织的各种活动:

1月31日,参加华东师范大学中文系研究生论文答辩会,感觉"颇隆重"。

2月24日起,参加华东师范大学集中组织的学习反修正主义,计两周时间,上下午均有会,"不得暇"。

3月10日,参加学校的研究生毕业茶话会。

4月17日至18日,至杭州游灵隐寺,旋至玉屏山拜谒先亲墓。

10月29日,"学生下乡参加秋收劳动,老教师集中学习《实践论》及教改。每日上午有会,因之较不得闲。今日去嘉定参观马陆公社棕枋大队,丰收气象甚好"。①

---

① 施蛰存:《投闲日记》,《北山散文集》第四辑,上海:华东师范大学出版社2011年版,第1687页。

11月5日,下乡参加劳动,上午摘棉花,下午访问贫农。

12月14日起,集中在红专学院学习毛泽东著作,为期两周时间,至12月31日结束。

是年,学术研究主要集中于金石碑版和古典文学方面:

2月,完成辑录《宋金元词拾遗》并作序。

3月,始抄录所为碑跋,拟编一集《北山楼读碑记》。

4月,始撰《云间花月志》亦《云间语小录》中一卷;抄《读碑记》;作《云间古石刻录》。

5月,依据《金石录》、《集古录》诸书撰补完成《宝刻类编阙卷》。

6月,著录《玉笥题名》、《杜照贤造像记》、《云间碑录》等。

7月,作论文《读温飞卿词札记》(发表于《中华文史论丛》第八辑,1978年10月[①]),署名施蛰存;著录《南石

[①] 按:《中华文史论丛》,1962年创刊,初始阶段为不定期刊物,标记为"第一辑"、"第二辑"、"第三辑",余类推;只有第八辑标写为"第八辑,1978年10月"。自1979年起开始标记为"第九辑,1979年第1辑";1989年后改为丛刊。

窟寺碑》等。

8月,撰《北齐书征碑录》、《北周书征碑录》等。

9月,作《读韩偓词札记》(后于1979年3月修改此文,并发表于《中华文史论丛》1979年第4辑,总第十二辑),署名施蛰存;撰《陈书征碑录》等。忽发兴致整理旧译外国诗,积稿数百篇,拟编六集:《第一译诗集》为近代法国诗,《第二译诗集》为英国诗,《第三译诗集》为美国诗,《第四译诗集》为德国抒情诗,《第五译诗集》为波兰诗,《第六译诗集》为杂译各国古诗及民谣,并连日修改魏尔伦、韩鲍诗。

10月,抄《金石聚》、《金石聚跋》等。

11月,著录《杨宣碑》,继续写《云间语小录》等。

12月,始作《四续寰宇记碑录》。

是年,完成《词学文录》的纂辑。

1965年　六十岁

继续在华东师范大学中文系资料室工作,同时也参加一些教学和学习活动。1月、7月都去学校参加编写教材,注释活页文选。感觉"编教材,颇非易事。近观旧有注释均有问题,然亦未能有妥善之注释规范,奈何!"①

主要精力仍然用于金石碑版方面的研究:

1月,2日下午开会,4日"尽日"开会,5日写三千字学习小结,21日指导学生看学生所作小说。

2月,从《考古》月刊中录出《宋碑》、《唐墓志》、《元碑》、《北魏碑》等新碑目。

3月,录《元和郡县志》碑目,辑录成《庐山记碑录》一卷。

4月,录《唐墓志》、《颜勤杂碑》、《隋墓志》、《东魏造像》等,辑录完成《吴郡志碑目》。

5月,抄《龙门集释》、《龙门造像五十品集释》;完成《陈书征碑录》并作跋语;译法国散文诗,整理所译近代法国诗作,编成《第一译诗集》;13日至14日批阅学生论文卷。

6月,完成《洛阳龙门山北魏造像题记五十品集释》。

---

① 施蛰存:《投闲日记》,《北山散文集》第四辑,上海:华东师范大学出版社2011年版,第1690页。

7月,录《高翻碑》,抄金石遗闻。

8月,录《邸珍碑》、《唐慕容氏墓志》,撰《云间语小录》。

9月,录《李元海造像》;编录完成《北山楼读碑记(甲编)》、《北山楼碑录(甲编)》。

10月,开始抄录《金石聚》、《金石聚跋》、《王修微集》。

11月,重编《王修微集》及附录,撰写《云间花月志》。

12月,阅《匋斋藏石记》、《殷周青铜器通论》;阅《文物》参考资料,抄其新出土铜器目录,整理各种砖文瓦当拓片,拟各自装裱集册。

1966年　六十一岁

6月,"文化大革命"开始,被定为"资产阶级学术权威",被勒令"靠边站",在学校和里弄里都遭到批斗,家里多次被抄掠,损失大量书籍、文稿及一些重要物品。

白天写检讨,晚上仍然坚持古典文学和碑刻方面的研究。

10月,完成《碑目丛抄》,历时三年并作跋语十余则;作《〈晋书征碑录〉跋》,收入《北山谈艺录》。

11月,作《〈元统一志〉跋》,收入《北山谈艺录》。

是年,继续收集金文拓片、抄写诸家碑目。编著完成《北山楼读碑记(乙编)》、《北山楼碑录(乙编)》、《北山楼藏词学书目》等。

1967年　六十二岁

在华东师范大学继续接受审查,被关进"牛棚",每天写检讨、参加劳动。

是年11月13日《解放日报》发表文章,批判"长期盘踞在上海文教战线上的反革命修正主义分子"杨西光,文章指出:"一九六三年,他们就曾组织师大中文系一些反动'权威',例如被鲁迅称为洋场恶少的施蛰存(右派)之流,来给师大一附中、二附中的语文教师'上课',还美其名为帮助教师提高业务水平,真是可恶之至!"①

继续利用晚上时间抄写碑目、金石遗闻等。

5月,完成《赵孟𫖯石墨志》。

7月,编写《晋书征碑录》,于是年8月完成。

1968年 六十三岁

仍在"牛棚",仍然偷闲治学。

3月,作《〈齐书征碑录〉跋》,收入《北山谈艺录》;编纂《齐书征碑录》。

是年,完成《北山楼读词札记》(第一、二、三卷);编定《宋花间集》(十卷);开始编《金石小录》,后改为《北山楼集古别录》。

1969年 六十四岁

4月11日,被"工宣队"宣布"解放",被"以人民内部

---

① 师大二附中革委会红卫兵团、复旦附中红卫兵团、"重点中学"联合调查组:《"重点中学"是推行修正主义教育路线的"试验田"》,《解放日报》1967年11月13日。

矛盾处理"。

10月,到嘉定农村参加劳动。

是年,继续编《金石小录》,并编定《清花间集》(十卷)。

1970年 六十五岁

仍然在嘉定农村劳动,春节不能回家。

开始撰写《两唐书征碑录》。

1971年 六十六岁

编撰完成《金石百咏》、《北山楼集古别录》,续撰《北山楼词话》,始撰《北山楼读词札记》第四卷。

是年,与上海外国语学院、上海人民出版社编译室等部分人员奉命翻译了《蓬皮杜传》》([法]梅里·布隆贝热),该书由上海人民出版社于1973年出版;同时也翻译了一部分《尼日利亚的政治地理概况》。

1972年　六十七岁

2月，写成《北山楼集古别录》序，收入《北山谈艺录》。

3月，编写完成《汉碑年表》《齐书征碑录》。

4月，与复旦大学、上海师范大学、上海师范学院部分教师一起编写《鲁迅年谱》，后由安徽人民出版社于1979年3月出版。

7月，到江苏大丰"五七干校"劳动。

9月，劳动结束后，从大丰"五七干校"返回上海。

1973年　六十八岁

回到华东师范大学中文系资料室工作。

在批判林彪的文章中，施蛰存被视为林彪的同路人，也遭到批判。例如，"林彪虽然在侈谈鲁迅，实际上，他却根本不懂鲁迅。因为鲁迅是恰恰最反对玩弄词汇这套把戏的。为了这，当年他还跟'洋场恶少'施蛰存进行了一场激烈的论战"。①

3月,修改《金石百咏》;完成《北山楼集古别录目》。

5月,选编《文苑珠林》。

7月,作《北山楼增辑〈燕子龛诗〉跋》,增辑《燕子龛诗》。

9月,补辑陈子龙《湘其阁词》并录其论词语,编写为一本。

1974年 六十九岁

仍在华东师范大学中文系资料室工作。

1月,作《甲寅杂诗》,后改为《浮生百咏》,因未能完成百首又改题为《浮生杂咏》,收入《沙上的脚迹》。

5月,再跋《北山楼增辑〈燕子龛诗〉》。

7月,开始集印蜕,获集古册数本,并撰写题跋多篇。

10月,编写完成《北山楼藏龙门魏齐周隋造像目录》。

11月,编写完成《北山楼藏龙门唐造像目录》。

---

① 陆丽芬:《"丝线"与刀枪》,《文汇报》1973年12月20日。

1975年　七十岁

5月,到杭州玉屏山祭祀先亲。

11月,被"工宣队"通知退休,并被送回家。

继续从事金石碑帖方面的研究:

1月,为《四玉滛斋集古册》作跋。

3月,作《〈墨妙亭玉筍题名〉序》,收入《北山谈艺录》。作《书吴仲坰集古册集》、《题孙正和行草印谱》、《题邹允衡画竹》、《跋米书鲁公庙碑阴记》、《跋苏子由黄楼赋》。

4月,作《书雪堂藏器拓本册后》。

5月,作《跋集古册四篇》,收入《北山谈艺录》。作《跋甲寅七月所得集古册》。

6月,完成《杭州石屋洞造像题名》;作《〈杭州石屋洞造像题名〉序引》、《〈杭州石屋洞造像题名〉书装册后》,收入《北山谈艺录》;作《题君子馆论书绝句赠边政平》。

7月,作《秦诏作器铭》,收入《北山谈艺录》;作《题沈本千西湖长春图卷》。

8月,完成《墨妙亭玉筍题名》一卷;作《书石屋洞宋人题名装册后》。

10月,开始编写《吴越金石志》。

11月,作诗《乙卯十月幸获休致翌日城北声越寄诗来因步韵奉酬》、《写藏书藏碑目录竟各题一绝句》、《冬至感赋》;开始读《旧唐书》,录出其碑目。

12月,辑录《北山楼抄本还轩词存》并作跋;将"文革"劫后所存外文原版藏书,编成《北山楼藏西文书目》。

是年,参加法文翻译组,翻译《尼日尔史》第二部分"古代尼日尔"。

1976年　七十一岁

报刊上再次出现批判施蛰存的文章。例如:"施蛰存可笑不自量,妄图开历史倒车,反倒被滚滚向前的历史的车轮所碾碎,落得个身败名裂的可耻下场。"①

主要精力仍放在金石碑版及古典文学方面:

---

① 杜圣修:《一场反翻案反倒退的斗争》,《哈尔滨师范学院学报》1976年第2期。

1月,作《唐女冠李季兰集》跋。

2月,作《木蕉堂帖》跋。

5月,作《北岳封安天王铭》、《宋投龙玉简》题记。

6月,作《交芦归梦图记》,收入《北山谈艺录》。

8月,抄录《涉江词》;开始编撰《唐碑百选》,作《〈唐碑百选〉缘起》,收入《北山谈艺录》。

10月,撰写《北山楼选录涉江词抄后记》、《跋瓦削文字谱》、《黄母曹太君墓志铭》。

11月,撰写《北山楼移录梦窗词校记跋》。过录《郑校梦窗词》。

是年,完成《吴越金石志》。

1977年 七十二岁

5月,作诗《追怀雷君彦先生诗四章》。

6月,作诗《读翠楼吟草得十绝句殿以微忱二首赠陈小翠》;参加翻译的《尼日尔史》一书由上海人民出版社出版,施蛰存译出此书的第二部分"古代尼泊尔"。

是年,撰写《增辑湘真阁词叙引》、《为林乾良书春晖寸草卷子》《处士周迪前先生诔》《吴越镇宅经幢》题记等；编写完成《北山楼藏碑目》（三卷），完成《唐碑百选》；受上海古籍出版社之约，为撰写关于唐诗鉴赏的书《唐诗串讲》准备资料。

....

从20世纪50年代末到70年代末，施蛰存把主要精力都用于文物考古、金石碑版的"北窗"领域的研究，他的兴趣集中于石刻文字拓本上，兼纳金石小品铭文墨纸。他抄录了大量历代词籍的序跋题记、金石遗闻及云间词人小传，补录云间词人姓氏录，收集整理了大量的金石遗闻、碑版资料。

施蛰存收藏和研究金石碑帖的缘由，既是源于他自己的"兴趣"，也是客观历史发展的时代形势使然。早在20世纪20年代初在之江大学读书的时候，施蛰存就孕育了其对印石印章等金石方面的兴趣。20世纪30年代末期在昆明的云南大学任教期间，他便开始关注和收藏研究金石碑刻，对西南地区古碑石碣尤为热衷。后来在长汀、厦门、徐州等地任教时，也继续表现出对各地碑铭、墓志、造像等石刻的兴趣，不断地收集各种墨拓打本。20

世纪50年代初,又常去上海的朵云轩"觅宝"。1957年"反右"后,著述的文章不能发表,编译的著作被封杀,只能又"移情"于金石碑帖等古代文物的研究。施蛰存在1975年6月10日写给张索时的信中说:"几十年来,随遇而安,荣辱得失、顺逆均与我无轻重……我十年来就只有收藏碑版兴趣未衰,其他的文艺活动都无意从事了。"①

在金石碑版的"北窗"研究领域,已是"花甲"、"古稀"之年的施蛰存治学严谨,不辞劳苦。他不顾年事已高,前往山西、河南、陕西等地,考察和收集历史文物、古碑遗址,特别是那些塔铭、石阙、经幢、造像题记、画像石等。实地考察之后,认真研究,反复考证,撰写大量的题记、序跋。如一些研究者所述:"施先生的北山楼虽小,但收藏的刻石、刻经、碑拓、造像、墓志、塔铭、经幢、画像石、买地券及其他杂刻拓片,品类之盛,堪称中国的石刻史资料馆。施先生所藏数量最多的当数北魏、东魏、北齐、隋和唐朝墓志。其中北魏86件,东魏38件,北齐38件,隋

---

① 施蛰存:《致张索时(厚仁,三四通)》,《北山散文集》第四辑,上海:华东师范大学出版社2011年版,第1843页。

130件,唐墓志500余件,基本为全拓整张,部分有志盖,可以清晰地窥见原件面貌,对于了解石刻演变极有参考价值。北山楼所藏碑帖拓片,绝大部分都有他自己的题签、题记和藏印,有的还录有产地、出土数据等题识。"①

《北山谈艺录》集中体现了施蛰存在金石碑版研究领域的敏锐观察、丰厚积淀和深刻思考。全书共分三编,其中:"题记编"主要以金石书画的题跋、题记为主,兼及相关几篇谈艺小品文;"序跋编"是关于金石著述的序跋等文字;"丛话编"是相关金石专题方面的或介绍或论证的理论文章。在施蛰存看来:"古代文物的研究,有丰富的学术意义。它涉及政治学、经济学、史学、文字学和艺术、科技。除了用科学的方法来做各项分析工作之外,主要的还得用考证的方法,以求得正确的论据。通过实物去判断古籍记载的是非、真伪;又通过古籍去了解实物的时代、作用。这些都是艰难的考证工作。"②施蛰存在从事

---

① 王兴康:《施蛰存先生的金石碑帖收藏与研究》,《中华读书报》2012年11月14日。

② 施蛰存:《先秦金文与秦石刻文》,《北山谈艺录》,上海:文汇出版社1999年版,第267页。

这些金石碑帖方面的考证研究工作时,广泛地从历史古迹、文物旧闻中采撷史料,详实考释,再经过自己深入的思考后形诸文字。在这些朴实简练、汩汩流淌的舒缓文字背后,蕴藉着丰厚的文献史实和淡泊的睿智见解。例如:《说碑、帖与拓本》详细介绍了什么是碑、帖与拓本,以及其各自的历史发展印记。《碑的额、阴、侧、座》具体讲解了碑上面的碑额、碑正反面的碑面与碑阴、碑左右两边的碑侧、碑座的用途,及其在各个历史朝代的表现情形。《先秦金文与秦石刻文》则是对金文与石刻文的历史考证和深入研究,文章不仅介绍了什么是金文和石刻文,而且告诉读者如何去从事"文物学"和"金石学"两个方向的研究。《北山谈艺录》编者如此评介施蛰存及其"北窗"领域的研究:"凡与历史学、考古学、文字学、目录学及书法艺术等学科,都有非常深入的研究。……他精湛的论著表现出探源谨严、考证忠实、辨别坦率、论点独到的科学品格,无论考时、考地、考人、考事、考书迹,均能以史家目光和哲学方法作深思细察,自始至终贯穿着中西文化相互渗透和融合,力求主张吸取西方文论的方法,在这一研究领域里堪称独树一帜。"①

施蛰存以自己渊博的学术积累和科学的学术品格,对于自己所收藏所关注的金石碑帖等文物进行了长达半个多世纪的谨严探源和忠实考证,并从中西文化交融的视角来旁征博引、说古论今,留下大量的宝贵史料。

为了支付购买大量古书碑帖所需要的资金,施蛰存也常常不得不卖出一些书籍。例如,他曾在日记中写道:"1964 年 5 月 16 日,卖去杂书七十六本,得四十八元,将以为买碑之资。……1965 年 12 月 15 日,卖去西书卅四本,得五十元,将以付千帆碑价。"②

施蛰存在金石碑版等"北窗"领域的主要成果有:

1960 年,编撰《水经注碑录》。

1961 年,撰写《太平寰宇记碑录》。

1962 年,完成《后汉书征碑录》、《蛮书征碑录》。

1963 年,编撰《三国志征碑录》、《隋书征碑录》、《魏

---

① 沈建中:《编后记》,《北山谈艺录》,上海:文汇出版社 1999 年版,第 324 页。
② 施蛰存:《投闲日记》,《北山散文集》第四辑,上海:华东师范大学出版社 2011 年版,第 1682、1699 页。

书征碑录》。编撰写作《云间词人姓氏录》、《云间语小录》、《北山楼碑跋》。

1964年,编撰《云间碑录》、《北齐书征碑录》、《北周书征碑录》、《陈书征碑录》、《四续寰宇记碑录》。

1965年,完成《陈书征碑录》、《洛阳龙门山北魏造像题记五十品集释》、《北山楼读碑记(甲编)》及《北山楼碑录(甲编)》。

1966年,完成《碑目丛抄》、《北山楼读碑记(乙编)》及《北山楼碑录(乙编)》、《北山楼藏词学书目》。

1967年,完成《赵孟頫石墨志》、《晋书征碑录》。

1968年,完成《齐书征碑录》、《北山楼读词札记》(第一、二、三卷)。

1969年,编定《清花间集》(十卷)。

1970年,撰写《两唐书征碑录》。

1971年,完成《金石百咏》、《北山楼集古别录》。

1972年,完成《汉碑年表》、《齐书征碑录》。

1973年,完成《北山楼集古别录目》。

1974年,完成《北山楼藏龙门魏齐周隋造像目录》、《北山楼藏龙门唐造像目录》。

1975年,完成《杭州石屋洞造像题名》、《墨妙亭玉笥题名》。

1976年,完成《吴越金石志》。

1977年,完成《北山楼藏碑目》(三卷);完成《唐碑百选》,交付香港书谱社印行,一直未能出版。

1987年,《水经注碑录》由天津古籍出版社于是年6月出版。

1989年,金石学专著《北山集古录》并附录《金石百咏》由巴蜀书社于是年10月出版。

1991年,专著《金石丛话》由中华书局于是年7月出版,1997年再版。

1999年,专著《北山谈艺录》由文汇出版社于是年12月出版,列入"大艺术书房"丛书。

2001年,《北山谈艺录续编》由文汇出版社于是年1月出版,署名施蛰存著、沈建中编。

2001年,《唐碑百选》由上海教育出版社于是年5月出版,署名施蛰存著、沈建中编。

十七

"又弄起笔头来"的随笔小品

(1978年—1980年)

施蛰存自述:"三中全会以后,精神上和生活上都获得第二次解放。"①"1979年,开始有了'大地回春'的气象,我禁不起报刊编辑的'恭维'和'敦促',意志不坚,又弄起笔头来了。三、四年间,散文、杂文、论文,写了不少。"②

施蛰存在"大地回春"后,又写了大量的杂论、序跋、散文、随笔。

---

① 施蛰存:《我写〈唐诗百话〉》,《解放日报》1988年2月6日。
② 施蛰存:《序引》,《文艺百话》,上海:华东师范大学出版社1994年版,第2页。

1978年　七十三岁

回到华东师范大学,为中文系三年级学生讲授中国古典文学,同时参加编纂《汉语大辞典》。

1月,开始撰写《唐诗串讲》,后改名为《唐诗百话》。

2月,作《北山楼诗自序》。

4月,作《西林寺旗杆石》、《元井栏题刻》跋文。

9月,作《瓦当文拓本题跋》。

10月,作《读温飞卿词札记》(《中华文史论丛》第八辑)。

1979年　七十四岁

2月,为中文系二年级学生讲授"古代作品选"课程,每星期讲两小时。

3月13日,被宣布"右派"问题得以改正,恢复原教授级别及工资,开始参与一些教学工作和文学活动。

4月,参加傅雷追悼会。

6月,参加孔令俊追悼会。

9月,招收唐代文学研究方向的研究生五名。继续兼任《汉语大辞典》编纂事。

11月,赴北京参加第四次全国文艺工作者代表大会,与过去的许多老朋友会晤、叙谈。

继续写作诗歌、散文、论文等,署名均为施蛰存。

4月,作论文《读冯延巳词札记》(《上海师范学院学报(哲学社会科学版)》1979年第3期);为戴望舒译稿《意大利短篇小说集》的两篇叙文作后记《关于〈世界短篇小说大系〉》,交付《海洋文艺》月刊发表,后收入《文艺百话》。

5月,发表《盛唐五言绝句四首赏析》(《语文学习》1979年第5期)。

6月,作诗歌《怀丁玲诗四首》。

7月,作杂论《韩愈诗〈华山女〉串讲》(《名作欣赏》1980年第1期);作散文《怀念李白凤》(《新文学史料》1992年第1期);开始撰写《乙夜偶谈》,发表于《随笔》总第6、18期。

10月,作《施蛰存自传》,收入《中国现代作家传略》

第 4 辑,徐州师范学院 1980 年 3 月出版。

本月,发表《读韩偓词札记》(《中华文史论丛》1979 年第 4 辑,总第十二辑)。该文最初写于 1964 年 9 月,1979 年 3 月修订。

1980 年　七十五岁

5 月,为华东师范大学举办的古代文艺理论师训班讲课。

写作序跋、随笔等,署名除施舍,均为施蛰存。

1 月,作《〈织云楼诗合刻〉小记》(《中华文史论丛》1980 年第 1 辑),署名施舍。

2 月,作《〈外国独幕剧选〉引言》,开始为上海文艺出版社编辑《外国独幕剧选》。

5 月,作《重印〈燕子龛诗〉引言》;作随笔《在福建游山玩水》(《榕树文学丛刊》1981 年第 2 辑)。

6 月,作《说"飞动"——读杜小记》(《文艺理论研究》1980 年第 2 期)。

11 月,为纪念鲁迅诞生一百周年作《关于鲁迅的一些回忆》,收入《鲁迅诞辰百年纪念集》(鲁迅博物馆鲁迅研究室编,湖南人民出版社1981年7月出版)。

其他文学活动还有:

夏天到北京,在戴望舒女儿处检阅已故友人的遗物,发现了一批外国友人致戴望舒的信札,遂带回上海,准备译成中文。

应江西人民出版社之约,开始主编"百花洲文库"并出版第一辑,计划出六辑,每辑十本。

计划创办《词学》专刊,致函夏承焘、唐圭璋等先生。

经常去上海徐家汇藏书楼查阅20世纪30年代的有关报纸杂志、书籍资料。

....

自1932年写《无相庵随笔》、1935年编选《晚明二十家小品》始,施蛰存与杂文、小品、随笔等散文文体结下了不解之缘,陆续写下了《灯下集》、《待旦录》等。1957年以一篇"千字小文"沦为"右派分子",发表文章的自由被禁锢了二十年。新时期以来"大地回春",便又写了许多杂文、散文。以《随笔》为例:

1979年7月,应《随笔》之约,开始为其撰写杂文、杂感,写作持续约两年多。

1980年,《乙夜偶谈》,《随笔》1980年2月(总第6期)。

1981年,《乙夜偶谈》续稿《真实和美》、《官僚词汇》,《随笔》1981年9月(总第18期)。

1983年,《乙夜偶谈》续稿《神仙故事》,《随笔》1983年第2期。

1986年,《杂谈〈金瓶梅〉》,《随笔》1986年第6期。

1989年,《雨窗随笔》五则:《一篇"译序"》、《平等的批评》、《批评与自我批评》、《人是政治的动物》、《人民的分类史》,《随笔》1989年第5期。

1990年,《雨窗随笔》续篇六则:《"文化"与"文学"》、《为人民服务》、《子贡问政》、《文学遗产》、《又一份遗产》、《国粹》,《随笔》1990年第2期;《匹夫无责论》,《随笔》1990年第4期。

1991年,《匹夫有责论》,《随笔》1991年第1期。

施蛰存的这些随笔杂谈、小品散文主题极为广博。无论是谈诗词论文学,还是写游踪叙古典,乃至怀人记事,都是那么清新、率真、儒雅,随心所欲,娓娓道来,可见一种以闲适为格调的小品散文。他主张随笔、杂谈等小品散文的"文学形式"必须有一种"闲适的抒情气氛":"属于文学形式的散文,是专指一种比较轻松、比较随便的文章。它们不是学究式的高议宏论,而是'摆龙门阵'式的闲谈漫话。偶然高兴,对某一事物议论几句,评赞几句。或者索性把话头搭到别处去,借此发些牢骚,谈些感想。"①同时,施蛰存也特别推崇晚明小品的特质和风韵,他赞同周作人的观点:小品散文应该"抒发个人情感,纯任自然,不加刻划,不为载道之文,不用陈词滥熟语"。②他也赞同林语堂的做法:"大力提倡晚明小品文,积极宣扬闲适笔调,抒情文风,积极反对金刚怒目的革命杂文","明人小品似乎成为遗世独立的性灵文学,无论日常生活或写诗文,要以非常闲适地抒发个人之情为主"。③

---

① 施蛰存:《说"散文"》,《北山散文集》第二辑,上海:华东师范大学出版社2011年版,第716页。
② 施蛰存:《题记》,卢润祥选注《明人小品选》,成都:四川文艺出版社1986年版,第3—4页。
③ 施蛰存:《题记》,卢润祥选注《明人小品选》,成都:四川文艺出版社1986年版,第3—4页。

十八

《词学》的"继往开来"

(1981年)

1981年11月,施蛰存创刊、主编当时我国唯一的词学理论刊物《词学》。《词学》在创刊号的《编辑后记》中开宗明义地表明,其创刊宗旨在于词学研究的"继往开来"。

1981年　七十六岁

为《词学》的出版做了大量工作。

年初,因事去南京,拜访了唐圭璋先生。

7月7日,赴北京,住北京师范大学招待所,在北京图书馆查阅书刊资料。查阅寿石工著《词学讲义》、梁启勋著《词学》、孙人和著《词选》,及《古今词统》、《词林白雪》、《林下词选》、《清平初选》、《棣萼香词》、《海间香词》、《幾杜文选》、《词鹄》、《墨林快事》等。25日返回上海。其间,还拜访了黄药眠、张天翼、沈从文、钟敬文、茅盾、卞之琳、楼适夷、绿原、端木蕻良等。

写作了多种文论、杂忆、随笔,署名均为施蛰存。

2月,作《重印〈边城〉题记》(《百花洲》1981年第3期)。

5月,作《〈现代〉杂忆》(《新文学史料》1981年第1—3期)。

6月,《外国独幕剧选》(第一集)由上海文艺出版社出版,署名施蛰存、海岑编。

9月,作《艾登伯致戴望舒信札·引言》(《新文学史料》1982年第2期);作随笔《乙夜偶谈》(包括《真实和美》、《官僚词汇》);为匈牙利作家莫尔那的《丈夫与情人》作《新版引言》;编纂的苏曼殊《燕子龛诗》由江西人民出版社出版。

10月,发表《希达奴谣曲(附谣曲二十首)》(《榕树文学丛刊》1981年第3辑)。

11月,主编的《词学》集刊创刊号(第一辑),由华东师范大学出版社出版。作《读韦庄词札记》、《陈大声及其〈草堂余意〉》,发表于《词学》创刊号第一辑。

是年,主编的"百花洲文库"第二辑十种陆续出版。《文汇报》发表记者的采访报道《为社会主义尽心尽力——访施蛰存》(《文汇报》1981年3月31日)。

....

《词学》在其创刊号上注明主编为夏承焘、唐圭璋、施蛰存、马兴荣。《词学》编委会集中了我国海内外词学名家。

《词学》由华东师范大学出版社陆续出版,由施蛰存担纲主编的共十二辑。第一辑1981年11月,第二辑

1983年10月,第三辑1985年2月,第四辑1986年8月,第五辑1986年10月,第六辑1988年7月,第七辑1989年2月,第八辑1990年10月,第九辑1992年7月,第十辑1992年12月,第十一辑1993年11月,第十二辑2000年4月。《词学》问世,受到海内外文学界和诗词爱好者的广泛好评,创刊号及其后来的各辑都曾多次重印。

《词学》以发展词学理论为宗旨,广泛搜集词学文献,积极评介新著,努力促进词的创作,并大量刊载介绍港台和国外的词学研究动态,为词学研究乃至中国古典文学研究提供了一个十分重要的学术平台。创刊号中的《编辑体例》介绍了《词学》的栏目分类,共有"著述"、"文献"、"转载"、"书志"、"文录"、"词苑"、"琐记"及"图版"八个项目。这些栏目可谓名副其实地完成了"继往开来"的历史使命。《词学》既在整理和抢救中国词学的宝贵文献,也在不断地介绍古书及新作,发掘词学新人,转载海外的相关文章,积极地推进词学研究领域的新旧融合。其中:"文献"包括已故词人学者之词学遗著、前代词籍之未曾刻印或虽刻而流传甚少者,以及古籍中有关词学的零星资料经辑录整理而可供参考者三类;"文献"栏目刊登了许多词学珍本秘籍,其中有很多都是施蛰存的"北山楼"藏书;"书志"则是对新旧词籍之述评及提要,为古籍作著录,为新书作介绍,为词学研究及爱好者作阅读指导。

施蛰存主编《词学》,坚持科学的词学发展方向和词学研究理论,以"继往开来"为宗旨,颇费苦心。他精心地设计各个专栏版式和编辑体例,不厌其烦地频频约稿,努力搜辑词学文献,整理词籍,评介新著,提携新人。即使是一些普通的读者来信,或请教问题,或求购书刊,他都会耐心地每信必复。在编辑过程中,施蛰存也一定事必躬亲,他亲自审读稿件、选定来稿、编排目录、翻译英文,甚至还为稿件修正疏漏、标明繁简字体、计算文稿字数等。

施蛰存在其主编的《词学》第一辑到第十二辑中,陆续发表或辑录了多篇文章:

1981年11月创刊号,《读韦庄词札记》、《陈大声及其〈草堂余意〉》,并开始连载《历代词选集叙录》,署名舍之。

1983年10月第二辑,《张志和及其渔父词》、《船子和尚拨棹歌》、《蒋平阶及其〈支机集〉》。

1985年2月第三辑,《读词四记》。

1986年10月第五辑,《说〈杨柳枝〉、〈贺圣朝〉、〈太平时〉》。

1988年7月第六辑,《白居易词辨》。

1989年2月第七辑,《唐诗宋词中的六州曲》。

1990年10月第八辑,《说忆秦娥》。

1992年7月第九辑,《宋金元词拾遗》。

另有《丛谈》数则,施蛰存以舍之、北山、蛰庵等署名陆续刊于各辑之上。

同时,施蛰存还有多篇与词学相关的随笔、杂论发表在《中华文史论丛》等杂志上,诸如《词学名词解释》等。

早在20世纪40年代,施蛰存在厦门大学任教讲授"中国文学史"时,就开始收集词学方面的资料,辑录《宋元词话》。到60年代初,又开始集中研读唐宋词。上起唐五代,下迄近代,辑录诸多有关词学的序跋和著述,约一千多篇,七十多万字。他自述:"一九六一至一九六五年,是我热衷于词学的时期。白天,在华东师范大学中文系资料室工作,在一些日常的本职任务之外,集中馀暇,抄录历代词籍的序跋题记。在中国文学批评史中,词学的评论史料最少。……因此,我开始收集词集,逐渐发现其序跋中有许多可供词学研究的资料。于是随得随抄,宋元词集中的序跋,有见必录,明清词集中的序跋,则选抄其有词学史料意义的。陆续抄得数十万言,还有许多未见之书,尚待采访。晚上,在家里,就读词。四五年间,历代词集,不论选本或别集,到手就读,随时写了些札记。对于此道,自以为可以说是入门了。"①

施蛰存也曾具体记述过关于编写词学理论参考资料的情形。他说,在20世纪60年代初,由于中文系的工作较有空闲,就想到:"在古典文学领域中,关于词的理论和评品,最少现成的参考资料。古人著作如《诗品》、《文心雕龙》、《文镜秘府论》,都还讲不到词。宋人词论著作也只有简短的《词源》、《乐府指迷》等三四种。元、明以降,词话之类的书,也远不及诗话之多。因此,我想到,在各种词集的序跋题记中,可以搜集到不少关于词的评论的史料,如果把它们辑为一编,对词学的研究工作,不无用

---

① 施蛰存:《〈花间新集〉总序》,《花间新集》,杭州:浙江古籍出版社1992年版,第1—2页。

处。于是我决心抄录唐、宋以来词籍的序跋。渐渐地扩大范围,凡论词杂咏、讨论词学的书信乃至词坛点将录之类,也顺便一并采录。"①此书稿约在1964年完成,原定名为《词学文录》,后搁置了二十余年,经重抄重修后改名为《词籍序跋萃编》出版。

施蛰存的词学研究和词学思想,在中国词学发展史上具有一种"继往开来"的价值。他既博览群书,广泛地辑录、吸收历史古籍的文献资料,又不依傍、重复前人的已有成果,而是在科学严谨的考证基础上,通过认真分析研究,提出了自己独到的睿智思考。例如,《花间集》是五代后蜀赵崇祚编的十卷词总集,对后世词的发展影响较大。施蛰存对《花间集》进行研究后认定:"我以为,唐五代的曲子词,是俗文学。《云谣集》是民间的俗文学,《花间集》是文人间的俗文学。……因此,唐五代词的创作方法,纯是赋体,没有比兴。文人要言志载道,他就去做诗文。词的地位,在民间是高雅的歌曲,在文人间是与诗文

---

① 施蛰存:《〈词籍序跋萃编〉序引》,《北山散文集》第三辑,上海:华东师范大学出版社2011年版,第1574页。

分疆域的抒情形式。从苏东坡开始,词变了质,成为诗的新兴形式,因而出现了'诗馀'这个名词。"①基于这样的认识,施蛰存用《花间集》曲子词的规格体制,选了一部《宋花间集》和《清花间集》,既"别开蹊径",又使埋没隐晦已久的"花间"传统得以传扬。再如,编《词学名词释义》时,在阅读诸多词集、分类编辑词籍目录、校勘词集的过程中,发现"不少值得研究的问题",便"开始以钻研学术的方法和感情"去工作,其中有名词术语的词义考证,也有词学理论的意义界定。施蛰存说:"我的第一道研究工序就是弄清楚许多与词有关的名词术语的准确意义。我发现有些词语,自宋元以来,虽然有许多人在文章中用到,但反映出来的现象,似乎各人对这个词语的了解都不相同。……词是和音乐有密切关系的文学形式,词的名词,往往和音乐有关。反之,有些音乐名词,也是研究或欣赏词的人所应当知道的。"②施蛰存在《词学》上刊载的

---

① 施蛰存:《〈花间新集〉总序》,《花间新集》,杭州:浙江古籍出版社1992年版,第2页。
② 施蛰存:《〈词学名词释义〉引言》,《词学名词释义》,北京:中华书局1988年版,第1—2页。

诸多文章都体现了其词学研究的深厚造诣。唐代高僧德诚的《船子和尚拨棹歌》,是词史发展初期"七三三七"句法的代表性作品;明末清初幾社成员蒋平阶的《支机集》,是久已隐没的清初词派云间派的词集;这些作品都经施蛰存钩沉整理后重现文坛。

施蛰存关于词学研究的论文和论著,既体现出其厚重、渊博的学养积累,也透视出其深刻、独到的学术造诣。其词学理论研究,多以词的起源、词调和唐五代词为重点,对之进行整理考证,辨伪存真,论说其发展脉络、词学成就和词史地位。《词学》及施蛰存主编《词学论编》等著述充分显示出其对于词学复兴的重大学术价值。

除此,施蛰存的重要词学研究成果还有:

1935年,《宋六十名家词》(1—6集),上海杂志公司1935年9月起陆续出版,署名施蛰存校点。

1943年,开始辑录《宋元词话》。

1959年,开始辑录《词学文录》。

1962年,始作《历代词选集叙录》。

1963年,补辑《云间词人姓氏录》;开始写作《云间小志》,后改名为《云间语小录》。

1964年,完成辑录《宋金元词拾遗》和《词学文录》。

1966年,编写完成《北山楼藏词学书目》。

1968年,编定《宋花间集》(十卷);完成《北山楼读词札记》第一、二、三卷。

1969年,编定《清花间集》(十卷)。

1973年,补辑陈子龙《湘真阁词》并录其论词语,编写为一本。

1975年,辑录《北山楼抄本还轩词存》并作跋。

1976年,抄录《涉江词》,撰写《北山楼选录涉江词抄后记》;过录《郑校梦窗词》,撰写《北山楼移录梦窗词校记跋》。

1985年,撰写《补录唐五代词序跋》、《补录王国维辑词跋》。

1986年,华东师范大学中国古典文学研究室编著的《词学论稿》由华东师范大学出版社于是年9月出版,内收施蛰存论文五篇(《说"诗馀"》、《读韩偓词札记》、《读韦庄词札记》、《南唐二主词叙论》、《蒋平阶及其〈支机集〉》)。

1988年,词学理论专著《词学名词释义》由中华书局于是年6月初版,1997年10月中华书局再版,2004年1月中华书局再版。

1991年,辑录完成《近代名家词》。

1992年,《花间新集》由浙江古籍出版社于是年2月出版,署名施蛰存选定。

1994年,主编的《词籍序跋萃编》由中国社会科学出版社于是年12月出版,署名施蛰存主编。

1999年,与陈如江合编的《宋词经典》由上海书店出版社于是年1月出版;与陈如江合编的《宋元词话》由上海书店出版社于是年2月出版。

十九

"更生"与资深翻译家

(1982年—1985年)

施蛰存把自己1981年至1985年间的日记题名为"更生日记"。在改革开放的新时代,施蛰存的教学、写作、翻译和生活都进入了一个新时期。

"更生"后的施蛰存做了许多翻译编辑外国文学作品的工作,2002年获上海翻译家协会授予的"中国资深翻译家"荣誉称号。

1982年　七十七岁

教学工作和学术活动都比较繁忙。

在教学方面：为华东师范大学中文系研究生讲授《论语》、诗史大纲等，并招收明清文学方向的研究生，同时在山西、河南、陕西等地开会、讲学。

1月，拟出招考研究生试题。

3月，参加华东师范大学学术委员会会议。

4月至5月，拟古代文学研究生培养方案，审阅、指导研究生毕业论文，批阅招考研究生入学考卷，审定研究生入学榜，参加研究生入学复试。5月25日，为华东师范大学文艺理论教师进修班讲"艺术之起源"。

9月，翻译小说《为了面包——诺贝尔文学奖得奖作家中短篇小说选》（[波兰]显克微支等）由贵州人民出版社出版，署名施蛰存等译。

10月至12月，为研究生新生讲《论语》。

12月，参加华东师范大学硕士学位审议会。

在学术活动方面：

2月末,应江苏人民出版社之约赴南京参加审稿会。2月22日到达南京,参加审稿会,审阅古代文学研究生论文,讨论古籍整理出版计划。出版社还招待大家游中山陵、叶公绰墓,看梅花。3月1日返回上海。

5月,赴西安参加学术会议。5月1日乘车到西安,参加西北大学的唐代文学学会成立大会及第一次讨论会。会议历时十二天,施蛰存参与讨论学会章程草案、推举理事名单等,参观游览了昭陵、乾陵、华清池、秦兵马俑坑、始皇陵、半坡遗址,及兴教寺、香积寺、杜公祠、大雁塔、碑林等。12日晚乘火车去洛阳,游龙门、关林、白马寺等。14日乘火车去开封,游览柳园口、黄河古渡、铁塔、龙亭,及开封博物馆、禹王台、相国寺。18日回到上海。

5月末至6月初,赴南京开会。5月31日到南京,参加教育部组织的中国古代文学和古代史硕士研究生培养方案讨论会,讨论古代文学研究生培养方案、论文标准等问题。其间,游览四方城、梅园新村、煦园、瞻园、莫愁湖、中华门城堡、雨花台,并独自一人参观南京博物院。6月11日返回上海。

7月21日,至政协大礼堂参加上海图书馆三十年纪念会。

8月,去山西讲学。8月4日,乘火车经郑州去山西长治、太原,为全国师专古代文学教师讲习班讲课,讲授唐诗研究诸问题、词的基础知识,并为出版社编辑讲授"编辑工作的经验"。其间,游览长治市沁县文物馆,参观魏齐造像及大小佛像,访问老顶山公社嶂头村的丁玲下放时的居室,游览晋祠元代塿二十八宿像及五台山的龙泉寺、南山寺、普化寺等名胜古迹,参观白求恩纪念馆。21日下午,乘车返回上海。

11月6日,到民主促进会为小学教师讲唐诗欣赏。

继续作杂论、题记、随笔,署名大多为施蛰存。

1月,作《重印〈杂拌儿〉题记》,俞平伯著《杂拌儿》由江西人民出版社于是年12月重印出版。

2月至3月,发表杂论《唐诗绝句杂说》(《语文学习》1982年第2—3期)。

3月,作《〈戴望舒译诗集〉序》,《戴望舒译诗集》由湖南人民出版社于1983年4月出版;发表杂论《说"诗馀"》(《文艺理论研究》1982年第1期);作《说"散文"》,收入

《文艺百话》。

6月,作散文《〈红鼻子〉的作者》,发表于《新民晚报》1982年6月21日。①

7月,作《〈陈子龙诗集〉前言》,《陈子龙诗集》由上海古籍出版社于1983年7月出版,署名(明)陈子龙著,施蛰存、马祖熙标校。

8月,为重印徐志摩译《赣第德》([法]伏尔泰)作《重印〈赣第德〉题记》,《赣第德》由江西人民出版社于1983年1月出版,列入"百花洲文库"第三辑。

9月,作《文艺理论工作者的新任务》(《文艺理论研究》1982年第4期);译独幕剧《明天的战争》;《外国独幕剧选》(第二集)由上海文艺出版社出版,署名施蛰存编。开始着手整理编辑《戴望舒散文集》。

10月,作随笔《神仙故事》(《随笔》1983年第2期);作杂文《"管城三寸尚能雄"》(《读书》1983年第2期),署

---

① 按:自1982年6月21日施蛰存发表《〈红鼻子〉的作者》始,至2001年3月19日发表《翠湖闲坐》终,施蛰存用了多个笔名,如王丁二、中舍、舍之、北山、蛰存、蛰庵等,在《新民晚报》共发表散文、小品、随笔计91篇。

名北山。

12月,撰写《怀孔令俊》,收入《沙上的脚迹》。

1983年 七十八岁

1月至2月,为华东师范大学研究生讲授《论语》。

3月15日,至医院检查,患直肠癌,即住华东医院,做直肠割除手术。1984年9月23日出院回家。留有后遗症,下肢行动不便。

仍作杂论、题记、散文,署名除北山、蛰庵,均为施蛰存。

1月,发表《安持精舍印最序》(《社会科学战线》1983年第1期)。

2月,为纪念冯雪峰八十周年诞辰,撰写《最后一个老朋友——冯雪峰》(《新文学史料》1983年第2期);发表杂论《也谈东坡中秋词》(《光明日报》1983年2月15日)。

3月,发表笔谈《对蔡尚思同志"书目"的一点意见》(《书林》1983年第2期);发表《大学文科阅读书目介绍·中国古典文学部分》(《书林》1983年第1期),署名施蛰存、周圣伟。

5月,发表杂论《说"城阙辅三秦"》(《光明日报》1983年5月3日);为鲁彦小说《黄金》作《重印〈黄金〉题记》,《黄金》由江西人民出版社于是年8月出版,列入"百花洲文库"第三辑。

6月,发表散文《宝姑》(《新民晚报·夜光杯》1983年6月10日),署名蛰庵;为卢润祥编《明人小品选》作序,卢润祥选注《明人小品选》由四川文艺出版社于1986年出版。

8月,作杂文《我治什么"学"》(《书林》1984年第2期);《外国独幕剧选》(第三集)由上海文艺出版社出版,署名施蛰存编。

10月,发表《关于"现代派"一席谈》(《文汇报》1983年10月18日);作《重印全份〈现代〉引言》,《现代》全本影印版由上海书店出版社于1984年9月出版;受香港三联书店之约,与应国靖一起编选《中国现代作家选集·戴望舒》并作引言,《中国现代作家选集·戴望舒》由香港三联书店于1987年11月出版;翻译印度泰戈尔诗《爱人的礼物》,共六十首,每日在病房里译两首,为时一个月,其中一部分刊登在《外国文学》上;主编的《词学》第二辑出版,作论文《张志和及其渔父词》、《船子和尚拨棹歌》、《蒋平阶及其〈支机集〉》,刊载此辑。

11月25日至30日,由华东师范大学中文系、《词学》编辑部组织的词学讨论会在上海举行。施蛰存致开幕词,并被推举为中国词学会筹备委员会副主任。

12月,作回忆散文《南国诗人田汉》,收入《沙上的脚迹》。

同年,主编的"百花洲文库"第三辑十种出版。

访谈录:应国靖《一刻也离不开书的人——访施蛰存》(《文学报》1983年5月26日)。

1984年 七十九岁

住院期间,编定《词学》第四辑、第五辑和《外国独幕剧选》(第五集)。

12月22日,华东师范大学为施蛰存、许杰、史存直三位教授举行祝贺执教六十周年茶话会。

继续写作论文、散文,署名除舍之,均为施蛰存。

2月,发表论文《读李白词札记》(《华东师范大学学报(哲学社会科学版)》1984年第1期)。

4月,发表散文《寒山寺碑》(《新民晚报·夜光杯》1984年4月22日),署名舍之。

5月,发表散文《寒山寺碑信息》(《新民晚报·夜光杯》1984年5月13日),署名舍之;作《说杜甫〈戏为六绝句〉》,发表于中华书局出版的《文学遗产》1991年9月增刊第17辑);随笔《支那·瓷器·中华》,收入《文艺百话》。本月起,在《文史知识》月刊上连载《词学名词解释》(1984年第5、6、7、8、10、11、12期,1985年第2、4、5、7、11、12期,1986年第2期)。

6月,发表杂文《旧诗新做》(《新民晚报·夜光杯》1984年6月27日),署名舍之。

7月,作散文《震旦二年》(《新文学史料》1984年第4期);作回忆录《我们经营过三个书店》(《新文学史料》1985年第1期);旧作《晚明二十家小品》由上海书店出版社据光明书局1935年版影印出版。

9月,作回忆录《我和现代书局》(《出版史料》第4辑,1985年12月)。

10月,发表杂论《晏殊〈玉楼春〉》(《光明日报》1984年10月23日);作散论《祠庙·宫观·庵寺》,收入《文艺百话》。

11月,作《难忘的情谊》,收入《沙上的脚迹》;散论《堂名的起源》发表于《新民晚报·夜光杯》1984年11月12日,署名舍之。

12月,作《怀开明书店》,收入《沙上的脚迹》。

同年,开始续写《唐诗串讲》,后改名为《唐诗百话》。

1985 年　八十岁

继续作杂文、杂论,署名除舍之,均为施蛰存。

1月,作杂文《十年治学方法实录》(《读书》1985年第4期);发表杂文《善秉仁的〈提要〉》(《新民晚报·夜光杯》1985年1月19日)。撰写《补录唐五代词序跋》、《补录王国维辑词跋》。

2月,发表杂论《黄鹤楼与凤凰台》(《名作欣赏》1985年第1期)。

4月,作《读〈现代〉重印本书感》,收入《文艺百话》。

5月,作《书信》(《读书》1985年5月16日)。

7月,为上海古籍出版社作《〈唐诗百话〉序引》。

10月,作《〈现代作家书简〉二集序》。

12月,发表杂论《当代事,不成"史"》(《文汇报·文艺百家》(1985年12月2日);作杂论《"当代"已经过去?》、《我的第一本书》,收入《文艺百话》。

同年,撰写完成《唐诗百话》。

访谈录:余小沅的采访报道《说增道删〈金瓶梅〉:访施蛰存教授》(《浙江日报》1985年4月7日);《书讯报》记者葛昆元著《"我一生开了四扇窗子"——访华东师大中文系施蛰存教授》(《书讯报》1985年11月5日)。

....

2002年施蛰存获"中国资深翻译家"荣誉称号。

20世纪80年代以来,施蛰存继续从事外国文学的研究介绍工作,编辑出版多部外国文学方面的译著,除有合作者外,署名多为施蛰存编。

1981年,《外国独幕剧选》(第一集)由上海文艺出版社于是年6月出版,署名施蛰存、海岑编。

1982年,翻译小说集《为了面包——诺贝尔文学奖得奖作家中篇小说选》([波兰]显克微支等),贵州人民出版社是年9月出版,署名施蛰存等译;译著保加利亚作家伐佐夫的小说《轭下》,人民文学出版社是年4月重新出版;《外国独幕剧选》(第二集),上海文艺出版社是年9月出版,署名施蛰存编;翻译剧作《丈夫与情人》,百花洲文艺出版社是年12月出版。

1983年,《外国独幕剧选》(第三集)由上海文艺出版社于是年8月出版,署名施蛰存编;《戴望舒译诗集》由湖南人民出版社于是年4月出版。

1986年,《外国独幕剧选》(第四集),上海文艺出版社1986年6月出版,署名施蛰存编。

1987年,翻译小说《间谍和卖国贼——第二次世界大战间谍史话》([美]库尔特·辛格),浙江人民出版社是年4月出版,署名施蛰存等译;《域外诗抄》,湖南人民出版社是年10月出版,署名施蛰存译。

1988年,《外国文人日记抄》,天津百花文艺出版社是年3月出版,署名施蛰存编译。

1990年,《中国近代文学大系·翻译文学集一》,上海书店出版社是年10月出版,署名施蛰存主编。

1991年,《中国近代文学大系·翻译文学集二》,上海书店出版社是年4月出版,署名施蛰存主编;《中国近代文学大系·翻译文学集三》,上海书店出版社是年4月出版,署名施蛰存主编。

1992年,《外国独幕剧选》(第五集、第六集),上海文艺出版社是年1月出版,署名施蛰存编。

1994年,旧作《恋爱三昧》,岳麓书社是年8月再版,署名施蛰存译。

1996年,旧作《外国文人日记抄》,百花文艺出版社是年1月重版。

二十

"教书匠"退休与"怀旧"的"百花洲文库"

(1986年)

施蛰存认为自己的职业主要是作家、编辑、教师。他在《说说我自己》中说:"一九四〇年以前,我写小说,编文学刊物,当出版社的文艺编辑。那一二十年,我自己是一个'作家'。一九四〇年以后,直到如今,我和古代文学,顺便和历史、金石碑版打交道。我的日常工作是教书,管资料,下放劳动,带研究生。……这五十年间,我自己是什么?说是一个'教书匠',也还不能概括。"①

1986年施蛰存退休,他自言:"1985年以后,我身有残疾,不能行动,从此停止了一切社会生活。整天坐在家里,除了执笔为文外,几乎无事可做。于是我的杂文又大量产生……1985年是我的生命与生活的分水线。"②

退休之后,施蛰存告别了"教书匠"的课堂教学,社会活动少了,但笔耕不断。

---

① 施蛰存:《说说我自己》,《收获》1989年第3期。
② 施蛰存:《序引》,《文艺百话》,上海:华东师范大学出版社1994年版。

1986年　八十一岁

9月,参加华东师范大学外国文学教研组举办的助教进修班开学座谈会。招收硕士研究生三名,指导研究汉魏六朝文学,开始在家为学生们上课。29日,参加华东师范大学中文系欢送退休教授茶话会,与许杰、史存直等九位教师一同退休,仍被聘为研究生导师。晚上参加校部在师范餐厅宴请全校此批退休老教授的活动。同年,办理了退休手续。

12月18日,出席在上海石化城金山宾馆召开的第二次词学讨论会,并作书面发言。

继续作序言、随笔、杂论等,署名均为施蛰存。

2月,作《〈词学名词释义〉引言》,《词学名词释义》由中华书局于1988年6月出版;作《〈间谍和卖国贼——第二次世界大战间谍史话〉译者附言》,翻译小说《间谍和卖国贼——第二次世界大战间谍史话》([美]库尔特·辛格)由浙江人民出版社于1987年4月出版,署名施蛰存等译。

4月,作《〈唐诗百话〉后记》;散文《哀徐燕谋》,收入《沙上的脚迹》。

5月,发表《说孟郊诗》(《名作欣赏》1986年第2期);作《〈外国文人日记抄〉重印后记》,《外国文人日记抄》由天津百花文艺出版社于1988年出版,署名施蛰存编译。

6月,作随笔《杂谈〈金瓶梅〉》(《随笔》1986年第6期);作《〈域外诗抄〉序引》,《域外诗抄》由湖南人民出版社于1987年10月出版,署名施蛰存译;《外国独幕剧选》(第四集)由上海文艺出版社于本月出版,署名施蛰存编。

7月,作杂论《"变文"的"变"》(《古典文学知识》1987年第1期);作散文《访问伐扬·古久列》(《新文学史料》1987年第3期)。

8月,发表《许浑〈金陵怀古〉赏析》(《名作欣赏》1986年8月29日);发表《〈中国历代文论选〉标点商兑一则》(《华东师范大学学报(哲学社会科学版)》1986年第4期)。

9月,为纪念傅雷逝世二十周年,作散文《纪念傅雷》(《新民晚报·夜光杯》1986年9月3日)。

10月,作散文《知己之感》(《新文学史料》1987年第3

期);作《重读"二梦"》、《赌博的诀窍》,收入《施蛰存七十年文选》。

11月,发表杂论《关于明人小品》(《书林》1986年第11期)。

12月,发表论文《汉乐府建置考》(《中华文史论丛》第四十辑,1986年第4辑);发表《钿阁女子治印题记》(《书谱》1986年第6期)。

同年,主编的"百花洲文库"第四辑十种出版。

访谈录:《文汇报》记者谢海阳著《耄耋银发人 新著犹可读——访施蛰存》(《文汇报》1996年1月2日)。

"教书匠"是施蛰存的一个重要职业,是其立身之本。

1936年时施蛰存说:"截至今日为止,我的职业只有两种:跨出学校门就进书局门,跨出书局门就进学校门。屈指已有近十年的光阴,给学校教师与书局编辑这两种职业轮流支配了去。"[①]

施蛰存的教师职业自1927年开始,1927年回松江

---

① 施蛰存:《教师与编辑》,《青年界》1936年第9卷第1号。

任中学教员,1937年任教云南大学,1941年任教厦门大学,1952年入华东师范大学中文系任教授,到1986年退休,教学生涯已近六十年。他的课堂教学既严谨博学,又精彩生动,他培养的学生桃李满天下。有学生回忆:施先生的教学,"不发讲义,也没有'教材',至多是一份简要的'提纲'。他就按这提纲滔滔不绝地讲,很少板书,讲得也快,碰到许多书名、人名,学生都如坠五里雾中,因为从来没有接触过……但他讲得很精彩,旁征博引,听起来似乎都很清楚透彻"。[①]"他讲课的特点是重训诂而轻阐述,可以为一词一句甚至一个字的出典与释义花不少工夫。……施先生上课重训诂少议论,但到了课外,他一发议论则大都一针见血,这正是他学贯中西、博古通今、厚积薄发的结果吧。"[②]

施蛰存讲授的课程不计其数,诸如:国文、历代诗选、历代文选、《史记》、英语、《论语》、诗史大纲、杜甫诗歌、古代作品选、古典文学、唐代文学、汉魏六朝文学等。

---

① 躲斋:《忆施蛰存先生》,陈子善编《夏日最后一朵玫瑰——记施蛰存》,上海:上海书店出版社2008年版,第49页。
② 沈鹤龄:《课堂内外的施蛰存》,《文汇报·笔会》2008年4月1日。

施蛰存也认真研究教学方法,写下了许多教学科研的论文。他曾说:"文学教育是一种形象教育,文学形象的塑造必须以语文为工具。现代文学的形象是作家运用现代语文塑造出来的。……我以为古典语文的讲授必须以单字的本位,一个字一个字的讲解,然后再在了解每一个单字的基础上,进而了解每一句每一段。"[1]

除"教书匠"的职业生涯外,施蛰存也一直在编辑出版领域尽心尽力地工作着。同一时期,一方面,在外国文学的译介领域编辑了上海文艺出版社的六卷本《外国独幕剧选》、上海书店出版社的三卷本《中国近代文学大系·翻译文学集》等。另一方面,在中国古代、现代文学的传承方面,主编出版了"百花洲文库"四辑共四十本。

1980年应江西人民出版社之约,开始主编"百花洲文库",计划出六辑,每辑十本。施蛰存自述:"江西人民出版社计划编印一种《百花洲文库》,打算重印一些三十年代文学作品,由于这些书久已绝版,非但爱好文学者无

---

[1] 施蛰存:《古典散文的讲授和注释》,《北山散文集》第二辑,上海:华东师范大学出版社2011年版,第643页。

从得读,就是从事新文学史研究的工作者也不易获得这些史料,因而这个计划是极有意义的。编者托我代为组稿,我也愿意尽力帮助他们。"①

施蛰存共编过四辑"百花洲文库",每辑十种,第一、二、三、四辑分别由江西人民出版社于1980年、1981年、1983年、1986年出版。

"百花洲文库"出版的各辑图书的内容大致可以分为三类。其中第一类是五四运动以来颇为优秀、影响较大且又是读者不容易找到甚至是已经绝版的现代文学作品,如楼适夷编《创作的经验》、张天翼著短篇小说自选集《二十一个及其他》、沈从文著中篇小说《边城》、郁达夫散文集《屐痕处处》、俞平伯散文集《杂拌儿之一》与《杂拌儿之二》、王鲁彦著短篇小说集《黄金》、丁玲著《夜会》、沙汀著《堪察加小景》、孙望选编《战前中国新诗选》、蒋天佐著《海沫文谈偶集》等。第二类是声誉较大、堪称精品的中国古典文学领域的诗文集,如严寿澄校编唐代诗人张祜《张祜

---

① 施蛰存:《重印〈边城〉题记》,沈从文著《边城》(重校本),南昌:江西人民出版社1981年版,第1页。

诗集》、蒋哲伦校编北宋词人周邦彦《周邦彦集》、赵昌平校编唐代诗人顾况《顾况诗集》、朱祖谋校唐五代词选集《尊前集》、陈衍评选《宋诗精华录》、(清)张惠言编录《茗柯词选》,及《王昌龄诗集》、《东坡小品》,还有近代诗人苏曼殊《燕子龛诗》等。第三类是外国作家的一些不朽名篇,冯亦代译、[美]海明威著《第五纵队及其他》,施蛰存译、[匈牙利]莫尔那著《丈夫与情人》,万紫译、[俄]普希金著《复仇遇艳》,徐志摩译、[法]伏尔泰著《戆第德》,赵家璧译、[美]斯坦培克著《月亮下去了》,戴望舒译、[法]梅里美著中篇小说《高龙芭》,海岑译、[匈牙利]米克沙特著短篇小说集《王后的裙子》,卞之琳编译西欧散文集《西窗集》等。

在"百花洲文库"各辑图书中,凡属旧书重版的,都经由原作者、原译者重新撰写序跋,认真修订,或介绍此书重新出版的缘由、经过,或评说此书此作家在文学史上的"文学业绩"。施蛰存在这些引言、序言、题记中,明确表示了出版此文库的目的和意义,即"怀旧",并"因旧"而"见新":"'新'和'旧'是一对辩证的状词,无新无旧,因旧见新。……忽然看到了鲁迅、周作人以及俞平伯先生的散文,新的感觉是非常强烈的。它们新在哪里?新在题材、观点、语言、笔调。但是,经过五十年的沉积,这些新的特征,早已成为旧的了。因此,我现在把《杂拌儿》两卷推荐给《百花洲文库》,重新流传,却并不是为了介绍新散文,而是出于一种怀旧的感情。……平伯先生虽然不很愿意重印这些五十年前的"废话",但他却同情我的怀旧之感,终于答应我写这个题记,编入《百花洲文库》。"①

"百花洲文库"各辑诸多文学精品陆续出版后,受到广大读者的普遍欢迎。

---

① 施蛰存:《重印〈杂拌儿〉题记》,俞平伯著《杂拌儿之一》,南昌:江西人民出版社 1982 年版,第 1—3 页。

二十一

《唐诗百话》与"东窗"的研究

(1987年—1988年)

1987年出版的《唐诗百话》代表了施蛰存在古典文学即"东窗"领域的研究成就。关于此书，施蛰存颇多感言："从一九三七年起，我中止了文学创作，一直生活在古典书城中。……一九七八年，我用全力来写这部书稿，到年底，写成了五十篇。……一个词语，每一位诗人有他特定的用法；一个典故，每一位诗人有他自己的取义。每一首诗，宋元以来可能有许多不同的理解。……一九八四年九月，出院回家，身已残废，行走不便，只能终日坐着。这就给我以安心写文章过日子的条件。我立即继续写下去，到一九八五年六月，写满了一百篇，总算大功告成，放下了一个重负。"①

---

① 施蛰存：《我写〈唐诗白话〉》，《解放日报·读书》1988年2月6日。

1987 年　八十二岁

继续从事古典文学、现代文学、词学、金石碑版、外国文学译介等方面的研究,署名均为施蛰存。

1月,《谈戴望舒的〈雨巷〉》发表于《解放日报》1987年1月1日第五版的副刊《朝花》上①。

2月,为上海文献丛书之一《船子和尚拨棹歌》作序;作《读书乐,乐读书》,刊登于《新民晚报》1987年2月8日;本月起,在《文史知识》月刊上连载《金石丛话》(1987年第2、3、4、6、7、9、11、12期,1988年第2、4、5、7、9期)。

4月,作《花间新集〉序》,《花间新集》由浙江古籍出版社于1992年2月出版,署名施蛰存选定。

5月,发表杂文《从〈唐诗串讲〉到〈唐诗百话〉》(《书林》1987年第5期)。

6月,发表《释秦韬玉〈贫女〉诗》(《名作欣赏》1987年

---

① 按:施蛰存的《谈戴望舒的〈雨巷〉》,在收入《文艺百话》、《施蛰存七十年文选》、《施蛰存文集》第四卷(《北山散文集》第三辑)等书时,所标注的写作时间都是1987年7月11日。

6月30日);《水经注碑录》由天津古籍出版社于是月出版,署名施蛰存撰。

7月,作杂文《再谈"变文"的"变"——答胡天民同志》;作《〈北山集古录〉自序》,《北山集古录》由巴蜀书社于1989年10月出版。

8月,发表散文《杂忆二事》,包含《访问伐扬·古久列》和《知己之感》两篇(《新文学史料》1987年第3期)。

9月,作《奥维德及其〈爱的艺术〉》,收入《文艺百话》;初版《唐诗百话》由上海古籍出版社于是月出版。

10月,作《"俗文学"及其他》,为浦汉明著《〈四婵娟〉注释本》作序,都收入《文艺百话》;发表《边家飞白书》(《书谱》1987年第5期);《域外诗抄》由湖南人民出版社于是月出版,署名施蛰存译。

12月,作《新版〈蓓尔达·迦兰〉引言》;作《饶宗颐论书次青天歌韵》题跋(《书谱》1987年第6期)。

同年,杂论《谈唐人咏史诗》发表于《艺谭》1987年第2期。

《人民日报》发表记者的采访答问《中外文化交融的"断"与"续"——访施蛰存》(《人民日报》1987年6月8

日),署名钱宁。

1988年 八十三岁

作杂论、散文、杂文,署名均为施蛰存。

1月,作杂文《我写〈唐诗百话〉》(《解放日报·读书》1988年2月6日)。

2月,发表《颜鲁公离堆记残石题记》(《书谱》1988年第1期)。

3月,发表散文《从〈四婵娟〉想到浦江清》(《解放日报》1988年3月10日),《外国文人日记抄》由天津百花文艺出版社于是月出版,署名施蛰存编译。

4月,发表题记《薛仁贵造像记》(《书谱》1988年第2期)。

5月,作《〈戴望舒诗全编〉引言》。

6月,专著《词学名词释义》由中华书局于是月出版。

7月,作杂论《说"话本"》,收入《文艺百话》;作散文《丁玲的"傲气"》,收入《沙上的脚迹》。

8月,作杂论《读报雌黄》、《历史的"近代"和文学的

"近代"》;发表散文《滇云浦雨话丛文》(《新文学史料》1988年第4期)。

9月,作《〈刘大白选集〉序》;作杂文《一九〇〇年以后的近代文学》。

10月,作杂论《古今中外的"小说"》。

......

施蛰存在"东窗"领域耗时最长,耗力也最多,且成果颇丰。他从20世纪30年代开始选编"中国文学珍本丛书"、《晚明二十家小品》,到80年代出版《唐诗百话》,始终没有停止过古典文学方面的研究。《唐诗百话》是"东窗"领域一部极为重要的学术论著。

1987年9月,署名施蛰存著的《唐诗百话》由上海古籍出版社出版,1988年后多次重印。1994年3月,《唐诗百话》繁体字本由中国台北文史哲出版社出版。1996年5月,《唐诗百话》作为《施蛰存文集》之古典文学编的第一卷,由华东师范大学出版社出版,此版本由责任编辑刘凌用大陆和台湾两个版本参改校订,并经施蛰存亲自审定修改订正,施蛰存称"这个版本,应该视作本书更臻完善的第三个版本"。①2001年华东师范大学出版社重印此版本,出版了《唐诗百话》重订本和普及本。

施蛰存谈到此书的创作宗旨时说:"我开始写这本书的时候,只是打算从文学欣赏角度来诠释每一首诗的涵义,最多兼做些扫除语文障碍的工作。可是,在写作进行过程中,一查阅各种版本的新旧著作,才发现了许多古怪问题,不但近年来有,而且是历代都有。这样,就不免要做些查核、考证、辩驳的工作。这样一来,不知不觉地离开了帮助读者欣赏唐诗,而把读者引进到研究唐诗的路上去了。"②于是,《唐诗百话》既是讲诗、解诗、说诗的具有文学欣赏意义的审美解读,也是关于唐诗、中国诗史、诗歌理论的具有学术研究意义的理论著作。在对多种集本、选本等进行严格查核、辩驳的基础上,采用考证和比较的研究方法去阐释、评析、鉴赏,从历史朝代的史实写到诗人的生平轶本文献,既有深刻的学理启迪,又洋溢着

---

① 施蛰存:《〈唐诗百话〉新版引言》,《唐诗百话》,上海:华东师范大学出版社1996年版。
② 施蛰存:《后记》,《唐诗百话》,上海:华东师范大学出版社1996年版,第816页。

审美的愉悦。

《唐诗百话》分为初唐诗话、盛唐诗话、中唐诗话、晚唐诗话、概话五个部分。在每个部分的最后都专门辟出一节来概述此历史时期的诗歌特点,即"初唐诗余话"、"盛唐诗余话"、"中唐诗余话"、"晚唐诗余话",及结尾部分的"唐人诗论鸟瞰"、"历代唐诗选本叙录"等。例如,在"初唐诗余话"中,施蛰存分析了国家形势、政治经济的兴衰升降与文学艺术发展变化之间的关系,针对有些诗人和史学家"总是把盛唐视为唐诗的全盛时期"的看法,指出"应当纠正这个错误观点,要知道,盛唐是唐代国家形势的全盛时期,而唐诗的全盛时期却应当排在中唐"。①

在《唐诗百话》中,施蛰存明确提出了一系列关于诗歌理论或文学理论的独到见解。例如,关于文学的思想内容和艺术形式之间的关系问题,施蛰存认为,在诗的"意"和"字"之间,即文学的主题思想与艺术技巧之间,应该是重"意"轻"字"的。我们读一首诗的时候首先应该去

---

① 施蛰存:《初唐诗余话》,《唐诗百话》,上海:华东师范大学出版社1996年版,第83页。

研求它的主要思想,即"诗意":"锻炼奇句,不是作诗的目的,而是作好诗的手段。……纯用赋体的叙事或写景小诗,就以它的诗意为主题。如果是一首用比兴方法写的诗,尤其应当研求它所寄托的意义,即所谓言外之意。"①施蛰存以唐初"山水诗派"中王昌龄、孟浩然、储光羲、常建等人的诗为例解释,一个文艺作品,既"不可能没有主题",也不应该"把精神浪费在雕琢字句、铸造两副精工的对联"上,如此而为,这类诗的艺术成就可能"不坏",但却是一种意义"空虚"的"消极的文学"。②

施蛰存的解诗,不是单纯地欣赏诗的字句,也不是在孤立地讲解某一部作品或某一个诗人;《唐诗百话》中涉及大量相关的名词和术语,施蛰存都对之进行了缜密的梳理和考证,然后予以科学的解释说明。诸如,对于唐诗的诗体、表现手法、研究方法,诗人的别称,诗歌的流派等,施蛰存都进行了细密的梳理和具体的剖析界定;对于"绝句"、

---

① 施蛰存:《24 常建:题破山寺后禅院》,《唐诗百话》,上海:华东师范大学出版社 1996 年版,第 174 页。
② 施蛰存:《24 常建:题破山寺后禅院》,《唐诗百话》,上海:华东师范大学出版社 1996 年版,第 176 页。

"律诗"、"宫词"、"游仙诗"、"咏史诗"、"香奁诗"、"长短句"、"六言诗"、"起兴"、"排律"、"公安派"、"江西诗派"、"文以载道"、"为文造情"、"为情造文"等诗歌流派或诗体艺术,施蛰存都析缕分条,详尽地介绍其渊源流变。这样一来,这部《唐诗百话》既仿佛一部周密翔实的唐代诗歌发展史,又俨然一部科学厚重的唐诗理论词典。例如在《五七言绝句四首》中,施蛰存在分析了"绝句"这样一种诗歌形式的产生、发展、成熟的历史过程之后,为"绝句"正名。他说,宋以后的诗家,以为"绝"就是"截",五言绝句是从五言律诗中割截了一半,七言绝句是从七言律诗中割截了一半。实际上,绝句的形成,早于律诗。"绝句的'绝'字起源于晋宋诗人'四句一绝'的概念","'绝'的意义是断绝。'四句一绝'是用四句诗来完成一个思想概念,古人称为'立一意'。简单的主题思想,四句诗就可以表达清楚,这就称为一首绝句。……一个完整的概念,用四句诗来表达,是我国诗的老传统"。[①]

[①] 施蛰存:《4 五七言绝句四首》,《唐诗百话》,上海:华东师范大学出版社1996年版,第25页。

施蛰存解诗、说诗的研究方法,一方面在运用考证,其中有对名词术语的考证、对诗题的考证、对主题的考证、对作者的考证、对释义的考证、对文本的考证等,甚至还涉及文献、遗址、碑刻等多种证据,丰富而不枯燥。另一方面,施蛰存还在十分开阔的视域下运用了比较的方法,其中有:不同诗体比较、相同诗体比较、相同题材比较、一个诗人不同作品之间的比较、不同诗人不同作品之间的比较、诗论之间的比较、不同选本之间的比较、中外诗人之间的比较,还有男女诗人之间的比较等。例如,施蛰存在谈唐代诗论的时候,先对从初唐到晚唐的唐人诗论作了一个提纲挈领的概述,又重点讲解了其中关于律的研究、关于诗的风骨和作用等理论观点,最后把在中国文学发展上产生了重大作用的唐代古文运动的文艺理论代表人物韩愈与白居易进行了比较。他认为,唐代的文学理论"到韩愈才构成一个完整的理论系统",而白居易的"诗的观点,更为积极",韩愈"他主张文学要'能自树立,不因循';又主张为文学要'务去陈言'、'词必己出',都是提倡文学的创造性","白居易的诗论,已接近了近代西洋文学中现实主义的理论,但另一方面,也还是继承并发扬了'六义'的传统诗教"。①

《唐诗百话》是一部百科全书式的经典巨著,它既蕴藉着作者深博的文化底蕴和精益求精的治学态度,也是施蛰存多年的心血和汗水的结晶。他自述:"从1937年下半年起,担任大学教席,直到1986年退休养老,古典文学研究,是我的职责。"②在施蛰存视为"职责"的古典文学研究领域,《唐诗百话》又是一个代表作。它是施蛰存古典文学研究学术成果的代表,也是施蛰存"用全力"或者说是用生命写就的书稿。如他自己所说:"我于1978年1月2日开始写第一篇。按当初的设想,仅仅是选讲几十首唐诗,使它们能代表整个唐代三百年的诗风。……因此,我搜集了许多唐诗的注本来,也参看了许多关于唐诗的论文和诗话。谁知不看犹可,一看却常常会大吃一惊。原来有许多脍炙人口的唐诗,从宋、元、明、

---

① 施蛰存:《98 唐人诗论鸟瞰》,《唐诗百话》,上海:华东师范大学出版社1996年版,第779页。
② 施蛰存:《〈唐诗百话〉序言》,《唐诗百话》,上海:华东师范大学出版社1996年版,第1页。

清以来,就有许多距离极远的理解。不但是诗意的体会,各自不同,甚至对文辞的理解,也各不相同。……为了要核实情况,从语言文字中求得正确的含义,我又不得不先做些校勘、考证的工作。……到1985年6月,总算凑满了一百篇。今天把笔写自叙,回顾这部书稿,经历了八年之久,终于还能完成,自己也料想不到。"①

同一时期,施蛰存在古典文学研究方面的著述和编著还有:

1981年,《燕子龛诗》,江西人民出版社是年9月出版,署名苏曼殊著、施蛰存辑录。

1983年,《陈子龙诗集》,上海古籍出版社是年7月出版,署名施蛰存、马祖熙标校。

1984年,《晚明二十家小品》,上海书店出版社依据光明书局1935年的版本于1984年7月影印出版,署名施蛰存编。

1989年,《历代哲理诗选》,上海教育出版社是年2

---

① 施蛰存:《〈唐诗百话〉初版序引》,《唐诗百话》,上海:华东师范大学出版社1996年版,第3—4页。

月出版,署名施蛰存、马祖熙编。

2000年,古体诗集《北山楼诗》,华东师范大学出版社是年7月出版,署名施蛰存著。

二十二

《戴望舒诗全编》与亲密朋友的"职责"

(1989 年)

纪念戴望舒逝世四十周年时,施蛰存说:作为"最紧密的朋友","四十年来,我对亡友的职责,只是为他经营后事。……近十年间,我为他经营编集和出版,做了一部分工作,还留下不少。现在我写此文,作一个总结和交代,为研究戴望舒及其诗的青年学者提供一份信息"。① 当然,施蛰存为戴望舒所做的不止是"身后事",1989年施蛰存编《戴望舒诗全编》出版,可谓朋友"职责"的一个总结了。

---

① 施蛰存:《诗人身后事》,《沙上的脚迹》,沈阳:辽宁教育出版社1995年版,第86页。

1989年 八十四岁

继续作散文、杂文,署名均为施蛰存。

1月,作古体诗《奉酬穗轩先生兼贺春正》、《赠香港高润霞女史》等,均收入《北山楼诗》。

2月,为母校松江县第二中学(前身为江苏省立第三中学)八十五周年校庆作散文《饮水思源》,收入《沙上的脚迹》;题跋《唐玄奘法师造像题刻》(《书谱》1989年第1期);《历代哲理诗选》由上海教育出版社于本月出版,署名施蛰存、马祖熙编。

3月,作散文《说说我自己》(《收获》1989年第3期);作《曹植〈赠白马王彪〉解析》(《名作欣赏》1989年3月2日)。

4月,作杂文《〈十年创作集〉引言》;作《〈中国近代文学大系·翻译文学集〉第一卷编选说明》,《中国近代文学大系·翻译文学集一》由上海书店出版社于1990年10月出版,署名施蛰存主编。

7月,作杂文《关于"铸型"》(《文史知识》1989年第

11期)。

8月,作杂文《再说"坐"》,收入《文艺百话》;作《〈中国近代文学大系·翻译文学集〉第二卷编选说明》,《中国近代文学大系·翻译文学集二》由上海书店出版社于1991年4月出版,署名施蛰存主编。

9月,作《雨窗随笔》,包括《一篇"译序"》、《平等的批评》、《批评与自我批评》、《人是政治的动物》、《人民的分类史》(《随笔》1989年第5期)。作杂文《董其昌是什么人?》,收入《文艺百话》;作杂文《论老年》,收入《施蛰存散文》。

10月,作杂文《读杨绛〈洗澡〉》,作《〈徐芳诗集〉序》,均收入《文艺百话》;金石学专著《北山集古录》并附录《金石百咏》,由巴蜀书社于本月出版。

11月,作随笔《"文化"与"文学"》和《自题画像》(《随笔》1989年第6期)。为《逸梅选集》作序。

....

1989年5月,《戴望舒诗全编》由浙江文艺出版社出版。施蛰存在为《戴望舒诗全编》作的《引言》中说,"这是一件极有意义的工作","我既乐观其成,当然义不容辞"。

戴望舒是中国诗坛著名的现代派诗人,综观诗人一生的创作道路,施蛰存为其做了大量的不可或缺的"极有意义的工作"。其中,一方面是积极出版发行戴望舒的现代派诗歌和诗论,另一方面又给予诗人诸多的呵护、关爱,努力地扶持、宣传着诗人及其诗作。

施蛰存是与戴望舒相伴一生的"最亲密的朋友"(施蛰存语),两人的友谊始于1922年。当施蛰存进入之江大学以后,因为文学爱好,结识了戴望舒、杜衡等人,大家聚一起,组织"兰社"。此期间,施蛰存就寄居在戴望舒家里。之后,他们一同考入上海大学中国文学系,又先后入震旦大学法文特别班攻读法文。1927年后,戴望舒又与杜衡去松江施蛰存家暂住,共同从事"文学工场"的翻译、写作等文学活动。在这里,戴望舒遇上了他心中的"丁香一样"的姑娘——施蛰存的大妹施绛年。尽管这段爱情以悲剧结束,但施蛰存与戴望舒之间的友谊依旧。1932年10月,戴望舒去法国、西班牙留学期间,施蛰存在国内为其联系文稿的发表,筹措经费,乃至寄去自己的薪水。抗战爆发后,戴望舒去了香港,抗战胜利后又遭到日本人逮捕,饱受折磨。在第二次返港前,戴望舒曾将自己的一批书稿等,交与施蛰存保管。1949年,戴望舒离开香港回到北京,在新闻总署国际新闻局从事法文翻译工作,不幸于1950年2月被哮喘病夺去了生命。戴望舒逝世后多年,施蛰存还常常去探望、关照戴望舒的母亲和女儿。

施蛰存积极扶持戴望舒的创作。戴望舒及其诗歌为文坛瞩目,始于施蛰存主编的《现代》杂志。施蛰存在《现代》上集中刊发了多篇戴望舒的诗作、诗论:创刊号上有《印象》等五首,第1卷第3期有《游子谣》等四首,第1卷第6期有《妾薄命》等两首,第2卷第1期有《寻梦者》等四首诗和《望舒诗论》,第3卷第4期发表了杜衡的《望舒草序》。《现代》还发表了许多戴望舒的译诗和译文:第1卷第2期有戴望舒的译文《西班牙的一小时》(阿索林),第1卷第4期有戴望舒译的《大战后的法国文学》,第1卷第5期有戴望舒译的法国后期象征派诗人特·果尔蒙的诗《西茉纳集》十一首和译文《克丽丝玎》([法]茹连·格林)。施蛰存还连续两期为《望舒草》做广告:"戴望舒先生的诗,是近年来新诗坛的尤物。凡读过他的诗的人,都能感到一种特殊的魅惑。这魅惑,不是文字的,也不是音节的,而是一种诗的情绪的魅惑。"① "在中国诗坛上,戴望舒先生的诗是已得了最广大的读者。"② 可以说,缘于《现代》杂志上发表的戴望舒等诗人的诗作,在《现代》引发了关于"意象派诗"的讨论,并一定程度地推动了《现代》的现代主义文学导向。当时,施蛰存曾从众多读者来信中选了一封吴霆锐的"疑问"发表出来,吴霆锐说,他对于施蛰存所说"诗的形式与内容"及戴望舒的作品都"抱着同样的怀疑","读上去毫没有诗的节奏,又起不起情感上的作用(请你不要以阅读能力来压倒我),简直可说是一首未来派的谜子"。③ 施蛰存不仅耐心地做出解答,且指点迷津,明确说明现代派意象诗与传统诗歌形式的区别:"诗的从韵律的束缚中解放出来,并不是不注重诗的形式,这乃是从一个旧的形式转换到一个新的形式。"④

施蛰存对戴望舒的浓浓厚意,既有经济上无微不至的关心,也有文学艺术上的督促和鞭策。从施蛰存写给

---

① 施蛰存:《望舒草》,《现代》第3卷第4期(1933年8月)。
② 施蛰存:《望舒草》,《现代》第3卷第5期(1933年9月)。
③ 吴霆锐:《关于本刊所载的诗》,《现代》第3卷第5期(1933年9月)。
④ 施蛰存:《关于本刊所载的诗》,《现代》第3卷第5期(1933年9月)。

戴望舒离沪去法国留学期间的信中,可见其深情:"你船开时,我们都不免有些凄怆,但我终究心一横,祝贺你的毅然出走,因为我实在知道你有非走不可的决心。"(1932年11月18日)"发热时少吃金鸡纳,还是煮一块午时茶,出一身汗为是,中国古法,我是相信的。巴黎多雨,午时茶尤其相宜也。"(1933年3月28日)"我觉得你还以坚守巴黎大学为宜,我总在国内尽力为你接济,你不要因一时经济脱空而悲观。苦一点就苦一点,横竖我们这些人是苦得来的。"(1933年5月29日)"你须写点文艺论文,我以为这是必要的,你可以达到徐志摩的地位,但你必须有诗的论文出来,我期待着。"(1933年2月17日)"生活书店将于七月一日出版《文学月刊》……你可译点文艺论文或作品给他们,诗他们不要,但《现代》却要你的新诗。有一个小刊物说你以《现代》为大本营,提倡象征派,以至目下的新诗都是摹仿你的。我想你不该自弃,徐志摩而后,你是有希望成为中国大诗人的。"(1933年3月28日)[1]

---

[1] 施蛰存:《致戴望舒(一五通)》,《北山散文集》第四辑,上海:华东师范大学出版社2011年版,第1760、1764—1765页。

施蛰存在《〈戴望舒诗全编〉引言》中全面评价了戴望舒及其诗歌创作。他既是在介绍概述诗人的创作道路,又是在解析其诗歌成就的历史成因、文学渊源及后世影响。施蛰存依据诗人的几部代表性诗集剖析了其诗歌创作的几个历史阶段。第一阶段是《我的记忆》时期。当时,戴望舒的诗零散地发表在不同的刊物上,读者未必能全部见到,而且他的诗集也送不进上海几家新文学书店的大门,因为作者的名声不够,诗集的销路打不开。于是,施蛰存和朋友便自开书店,自印作品。《我的记忆》作为"水沫丛书"之一出版后,其风格就显露出来了,即受西方意象派诗人魏尔仑等人影响的"耶麦的风格"。于是,在爱好诗歌的青年读者群中,开始感觉到"中国新诗出现了一种新的发展"。第二阶段是《望舒草》时期。这是作者新诗创作的"最后选择和定型"。即"诗不能借重音乐,它应该去了音乐的成分",甚至删汰了以音韵见长的那首脍炙人口的《雨巷》。因而,《望舒草》就成为一本"很纯粹、很统一"的诗集,无论在语言辞藻、情绪形式、表现方法等方面都"和谐一致"地符合他所偏爱的法国象征派诗歌的理论和风格。第三阶段是《灾难的岁月》时期。戴望舒旅居香港,在一个文化人的岗位上,做了不少反帝反法西斯反侵略的文化工作。他翻译了西班牙人的抗战谣曲、法国诗人的抵抗运动诗歌。"他自己的创作,虽然艺术手法还是他的本色,但在题材内容方面,却不再歌咏个人的悲欢离合,而唱出了民族的觉醒,群众的感情。尤其是当他被敌人逮捕,投入牢狱之后,他的诗所表现的已是整个中华民族的爱国主义和民族气节了。"[1]

同样在《〈戴望舒诗全编〉引言》中,施蛰存对诗人病故后文坛陆续问世的多种版本的诗人诗作都投以极大的关注,并如数家珍地细说其各自的出版经过和得失优劣:艾青编《戴望舒诗选》(人民文学出版社 1957 年版),"选得很妥当的,可以看到望舒诗艺的整个历程";台湾诗人痖弦编《戴望舒集》,"为海峡彼岸的青年诗人所重视";周良沛编《戴望舒诗集》(四川人民出版社 1981 年版),"排字、校对太草率,有许多误字、夺字,甚至有遗漏一整段的";施蛰存、应国靖编《中国现代作家选集·戴望舒》(香

---

[1] 施蛰存:《引言》,《戴望舒诗全编》,杭州:浙江文艺出版社 1989 年版,第 4 页。

港三联书店1987年版),由于自己"病住医院,精力不济",只写了一篇《引言》,并提供了一些资料,但"实已收了全部诗作";施蛰存编《戴望舒译诗集》(湖南人民出版社1983年版),"首先是研究戴望舒创作诗的参考资料,其次才是作为一本优秀的译诗集"。①

从施蛰存叙述的编辑戴望舒诗作的过程中,可以看出施蛰存在这项工作中投入了大量精力:"望舒逝世,到今年整整三十年,朋友们都在写文章纪念他……在他们的敦促和启发之下,我费了三个月时间,从二十年代、三十年代的报刊中检阅望舒每一首诗的最初发表的文本,和各个集本对校之后,发现有许多异文,有些是作者在编集时修改的,有些是以误传误的,因此,我决定做一次校读工作,把重要的异文写成校记,有些诗需要说明的,就加以说明,这个资料,不单是为研究者提供方便,也可以作为青年诗人探索艺术手法的一些例子。"②

---

① 施蛰存:《引言》,《戴望舒诗全编》,杭州:浙江文艺出版社1989年版,第4—6页。
② 施蛰存:《〈戴望舒诗校读记〉引言》,《北山散文集》第三辑,上海:华东师范大学出版社2011年版,第1411页。

早在1927年,施蛰存就为戴望舒译《屋卡珊和尼各莱特》作序,20世纪80年代以来施蛰存继续为诗人戴望舒及其作品作序,并做了大量的编辑、出版工作。

1979年,为戴望舒译稿《意大利短篇小说集》的两篇叙文作后记《关于〈世界短篇小说大系〉》,发表于《海洋文艺》月刊。

1982年,为《戴望舒译诗集》作序,整理编辑《戴望舒散文集》。

1983年,编《戴望舒译诗集》(未署编者名),由湖南人民出版社于是年4月出版;为《中国现代作家选集·戴望舒》作引言。

1987年,作《谈戴望舒的〈雨巷〉》,发表于元旦当天的《解放日报》,后收入《文艺百话》。

1988年,为《戴望舒诗全编》作引言,《戴望舒诗全编》由浙江文艺出版社1989年5月出版,署名戴望舒著、梁仁编。

1990年,为纪念戴望舒逝世四十周年,作《诗人身后事》,收入《沙上的脚迹》。

1993年,与应国靖合编《中国现代作家选集·戴望舒》,人民文学出版社、三联书店(香港)有限公司是年4月联合出版。

二十三

"杰出贡献奖"与旧作的"百废俱兴"

(1990年—1993年)

施蛰存自述:"十年浩劫,使国内仅存的三十年代文艺刊物损失殆尽。自三中全会以后,国家形势好转,百废俱兴。文艺创作和文艺学、文学史的研究工作,蓬勃开展。但各方面都感到原始资料愈益难于访觅。现在上海书店正在继续进行保存文献的工作,最近印出了全份《现代》……现在回顾一番之后,觉得它不但有文学史价值,还有鲜活的时代感。"[①]

新时期以来,施蛰存的各种旧作同样出现了一种"百废俱兴"的形势。1993年,施蛰存荣获上海市第二届文学艺术奖最高奖项"杰出贡献奖",可谓名实相称。

[①] 施蛰存:《读〈现代〉重印本书感》,《文艺百话》,上海:华东师范大学出版社1994年版,第282—283页。

1990年　八十五岁

春节期间,台湾作家郑明娳、林燿德等人到上海愚园路访问施蛰存,访问录《中国现代主义的曙光——答台湾作家郑明娳、林燿德问》,发表在台湾《联合文学》1990年6卷9期。

继续作杂文、随笔、序跋,署名除北山,均为施蛰存。

1月,作杂文《匹夫有责论》(《随笔》1991年第1期)。

2月,作杂文《为书叹息》,收入《文艺百话》;作《〈中国近代文学大系·翻译文学集〉第三卷编选说明》,《中国近代文学大系·翻译文学集三》由上海书店出版社于1991年4月出版,署名施蛰存主编。

2月11日起至1991年2月24日,古体诗《浮生杂咏》在《光明日报》副刊《东风》连载,前两期署名北山,其余皆署名施蛰存,每两周刊登四首,历时一年。《浮生杂咏》计八十首,从儿童时期的"生平琐屑"写起,重点在于描述20世纪30年代"上海之文学生活",至1937年夏"漂泊西南"而终,尽显其中诸多"可喜、可哀、可惊、可笑之事"。①

3月,作《雨窗随笔》,包括《为人民服务》、《子贡问政》、《文学遗产》、《又一份遗产》、《国粹》(《随笔》1990年年第2期);作《〈中国近代文学大系·翻译文学集〉序言》,改名为《西学东渐与外国文学的输入》(《中国文化》第2期,1991年12月31日)。

5月,为纪念戴望舒逝世四十周年,作《诗人身后事》,发表于《香港文学》1990年7月号,后收入《沙上的脚迹》。

6月,作《〈晚晴阁诗存〉序》。

7月,发表《古文名句赏析(外一篇)》,包括《悠然》、《先忧后乐》、《"匹夫无责论"》、《诗话》(《随笔》1990年第4期)。

8月,作杂论《文学史不需"重写"》(《文学报》1990年11月29日)。

9月,作杂论《关于"竹枝词"》,收入《文艺百话》;作

---

① 施蛰存:《〈浮生杂咏〉附记》,《沙上的脚迹》,沈阳:辽宁教育出版社1995年版,第219页。

杂文《闲话孔子》(《随笔》1991年第1期);作杂论《批〈兰亭序〉》(《随笔》1991年第2期)。

10月,作杂文《禅学》(《随笔》1991年第2期);作《花的禅意》(《龙门阵》1990年第6期);发表散文《罗洪,其人及其作品》(《沈阳师范学院学报(社会科学版)》1990年第4期)。

11月,发表杂文《人道主义(外两则)》,包括《人道主义》、《魔棍》、《富贵·贫贱》(《随笔》1990年第6期)。

12月,发表《〈中国文化与近代西方〉题记》(《辽宁教育学院学报(社科版)》1990年第4期)。

1991年　八十六岁

继续作随笔、杂文,署名均为施蛰存。

1月,作随笔《香囊罗带》(《文汇报》1991年1月23日);杂文《匹夫有责论》发表于《随笔》1991年第1期。

2月,作随笔《西明寺》(《文汇报》1991年2月6日);作杂文《书目》,收入《文艺百话》。

3月,作杂文《旅游景点设计》(《随笔》1991年第4

期);作散文《怀念几个画家》(《随笔》1991年第4期)。

4月,作散文《鲁少飞的心境》,收入《施蛰存七十年文选》。

5月,作杂论《樊楼异史》,收入《文艺百话》;散文《林微音其人》,收入《沙上的脚迹》。

6月,作随笔《别枝》(《文汇报》1991年6月5日);作杂论《勉铃》,收入《施蛰存七十年文选》。

7月,作随笔《武陵春》(《文汇报》1991年7月3日);作杂论《鲁拜·柔巴依·怒湃》(《读书》1991年第10期);作书话《房内》、《林纾》、《红白喜事》合为《杂览漫记》(《随笔》1991年第6期);专著《金石丛话》由中华书局于本月出版。

8月,作杂文《桂花如此香》;作《〈闻一多讲杜诗〉题记》。

10月,作随笔《筝雁》(《文汇报》1991年10月16日);随笔《莼羹》发表于《新民晚报·夜光杯》1991年10月23日;完成辑录《近代名家词》。

11月,作杂文《看书·读书》,收入《文艺百话》。

访谈录:宋路霞著《施蛰存与他的"六百方针"——

访问记》(《书讯报》1991年9月23日)。

1992年　八十七岁

继续撰写各种序言、杂文,署名均为施蛰存。

1月,续作随笔《杂览漫记》,包括《引言》、《中国现代百家千字文》、《一个女人的自传》、《启功的韵语》(《文汇报》1992年1月19日);整理苏曼殊佚画,作《苏曼殊佚画题记》,收入《文艺百话》;《外国独幕剧选》(第五集、第六集)由上海文艺出版社于本月出版,署名施蛰存编。

2月,辑录完成《花间新集》,由浙江古籍出版社于本月出版。

4月,作随笔《新春第一事》(《书讯报》1992年4月6日);作随笔《两宋文学史》(《文汇报》1992年4月19日);作《关于独幕剧》(《新民晚报》1992年4月21日);作杂文《"垮掉的一代"质疑》,发表于《解放日报》副刊1992年6月12日。

6月,作杂文《"自由谈"旧话》,发表于《劳动报》副刊《文华》1992年6月21日;作《〈浦江清杂文集〉序》,收入

《文艺百话》。

7月,散文集《枕戈录》由海峡文艺出版社于本月出版。

8月,作《关于杨刚的几点说明》(《文汇读书周报》1992年8月13日);作《〈世界文学随笔精品大展〉序引》。

11月,应范泉之约撰写随笔《论老年》,收入《文化老人话人生》(上海文艺出版社1992年版)。

12月,作《谈漫画》、《〈文艺百话〉序引》,收入《文艺百话》;作《我的杂文》(《随笔》1993年第3期);作随笔《海外学者怎样研究"词"?》,收入《施蛰存全集》第七卷《北山楼词话》;为《中外漫画艺术大观》作序。

访问录:《施蛰存先生说〈金瓶梅〉》(《文学报》1992年6月18日),作者陈诏。《为中国文坛擦亮"现代"的火花——答新加坡作家刘慧娟问》(新加坡《联合早报》1992年8月20日)。

1993年　八十八岁

6月,施蛰存荣获上海市第二届文学艺术奖最高奖项"杰出贡献奖",并出席颁奖典礼。

继续写作,署名均为施蛰存。

1月,作杂论《华文文学·华人文学·中国文学》;《终于敢骂"洋鬼子"了》(《文汇报》1993年1月14日)。

2月,作杂论《杂览漫记·现代名人书信手迹》。

5月,作《我的杂文》发表于《随笔》1993年第3期。

7月,作杂论《纯文学·严肃文学·垃圾文学·痞子文学》,收入《施蛰存全集》第三卷(《北山散文集》第二辑);作杂文《"自传体小说"及其灾难》,发表于《新民晚报》1993年7月14日;作杂文《什么是"汇校本"?》,发表于《新民晚报》1993年7月28日。

8月,作杂文《是谁侵害了他们的名誉?》,发表于《新民晚报》1993年8月11日。

9月,作《〈词籍序跋萃编〉序引》。《词籍序跋萃编》一书原稿作于1960年到1962年间。1960年秋收后,施蛰存从嘉定回到中文系资料室工作,用了两年左右的时间,搜集整理关于各种词籍的序跋题记的史料,约六十万字,定名为《词学文录》。后此书稿在资料室中存放了二十多年。直到1986年,重新检出这部书稿,在中文系学生的帮助下,重抄了原稿,并重新整理为"全部是历代词籍的序跋题记",书名改为《词籍序跋萃编》。该书稿的编撰约在1990年完成。三年后的1993年9月,施蛰存为《词籍序跋萃编》作序引,书稿后来由中国社会科学出版社于1994年出版。

10月,作散文《功风名雨》(《随笔》1994年第3期)。

11月,作杂文《钱钟书打官司》发表于《新民晚报》1993年12月1日。

12月,作杂文《不要移花接木》发表于《新民晚报》1993年12月23日。

采访报道:《施蛰存:寄厚望于后生》(《光明日报》1993年8月13日);《我尽我心我尽我力——访著名作家、学者施蛰存》(《文汇报》1993年6月30日,本报记者傅庆萱、新华社记者赵兰英)。

....

施蛰存在1993年荣获文学艺术的最高奖项"杰出贡献奖",这充分体现了其20世纪30年代文学创作的文学价值和历史意义。

在文学创作领域,施蛰存率先运用弗洛伊德的心理分析（精神分析）方法，被誉为"中国现代小说的先驱"。缘于改革开放时代的形势需求，施蛰存开始被文坛重新认识、重新推崇。对此，他曾谦虚地写道：在"创作道路的起点"上，他就开始在"主题选择和创作方面"进行探索，"我想逐步地走出一条自己的道路，创造自己的文学风格"，"在1930年代的中国新文学作家中，我只是一个小卒子……几点浮沤，转眼之间，便自然破灭……出于我意外的是，近几年来，我的那些早已过时的作品，会有文艺批评家、文学史家和青年作家们从灰积尘封的图书馆书架上找出来，像鉴赏新出土的古器那样，给予摩挲、评论或仿制。……称许我是在文学上首先运用弗洛伊德心理分析方法的作家。诸如此类的不免有些过分的虚誉，使我常常感到受宠若惊"。①

新时期以来至2003年，施蛰存陆续出版多种论文集、散文集，同时他的各种类型的文学作品，包括小说、散文、文论等旧作，也不断在各地出版、再版、重印。主要著

---

① 施蛰存：《〈十年创作集〉引言》，《十年创作集》，上海：华东师范大学出版社2011年出版，第636—637页。

述如下：

1985年：严家炎编著的《新感觉派小说选》由人民文学出版社于是年5月出版，收短篇小说二十三篇，其中施蛰存小说八篇、穆时英小说十篇、刘呐鸥两篇、徐霞村一篇、黑婴一篇、叶灵凤一篇。《中国现代文学研究丛刊》1985年第3期开辟出"旧文录载"一栏，刊登施蛰存的两篇小说《周夫人》、《鸥》，及严家炎著《略谈施蛰存的小说》。

1986年：《施蛰存散文选》（应国靖编）由百花文艺出版社于是年8月出版。施蛰存的旧作小说集《善女人行品》（上海良友图书印刷公司1933年版），由上海书店出版社于是年6月再版影印本，列入"中国现代文学史参考资料"。

1988年：作品选集《中国现代作家选集·施蛰存》，由三联书店（香港）有限公司、人民文学出版社于是年1月联合编辑出版，署名施蛰存著、应国靖编；《施蛰存散文集》由天津百花文艺出版社于是年8月初版；旧作小说集《将军的头》（新中国书局1933年版），上海书店出版社于是年12月再版影印本，列入"中国现代文学史参考资料·现代都市小说专辑"。

1990年：《心理分析派小说集》(上海大学中文系新文学研究室编)由百花洲文艺出版社于是年出版，署名施蛰存、刘呐鸥著。

1991年：《石秀之恋》及《雾·鸥·流星》(即《十年创作集》(上、下))由人民文学出版社于是年1月出版。

1992年：《心理小说》(吴立昌编选)由上海文艺出版社于是年5月出版，列入"中国现代名作家名著珍藏本"丛书。

1993年：旧作《待旦录》(怀正文化社1947年版)由中国文联出版公司于是年10月出版，列入"中国现代散文名家名作原版库"。

1994年：《梅雨之夕》(英文本)由中国文学出版社于是年出版；《文艺百话》由华东师范大学出版社于是年4月出版；旧作《灯下集》(上海开明书店1937年版)由(北京)开明出版社于是年8月出版。

1995年：散文集《沙上的脚迹》由辽宁教育出版社于是年3月出版，列入"书趣文丛"第一辑；《施蛰存作品精选》(彰军编)由广西师范大学出版社于是年6月出版；小说选集《魔情》(曾煜编)由吉林人民出版社于是年10月出版,列入"世纪情爱小说精品"丛书;《文艺百话》于是年11月由华东师范大学出版社再版。

1996年:《十年创作集》由华东师范大学出版社于是年3月出版;《施蛰存七十年文选》(陈子善、徐如麒编选)由上海文艺出版社于是年4月出版,列入"当代文坛大家文库";旧作《将军的头》由北京中国文联出版公司于是年6月出版。

1997年:《中国现代文学名著丛书·施蛰存卷》(傅光明主编)由太白文艺出版社于是年1月出版;小说集《施蛰存名作·薄暮的舞女》(方忠编)由华侨出版社于是年7月出版,列入"海派名家名作欣赏"丛书;小说集《梅雨之夕》由黑龙江人民出版社、北方文艺出版社于是年7月出版,列入"海派作家作品精选"第一辑;小说集《狮子座流星》(傅光明编)由新世纪出版社于是年9月出版,列入"现代名家经典"第一辑;散文集《卖糖书话》(刘屏编)由湖南人民出版社于是年12月出版。

1998年:《施蛰存代表作》(于润琦编选)由华夏出版社于是年1月出版,列入"自强文库"第二辑"中国现代文学百家";《施蛰存短篇小说集》(吴福辉编)由湖南文艺出版社于是年4月出版,列入"中国短篇小说精华"第二辑;《施蛰存 散文丙选》由黑龙江人民出版社于是年5月出版,列入"文坛漫忆丛书"。

1999年:《东方赤子·大家丛书·施蛰存卷》(刘屏编)由华文出版社于是年1月出版;《施蛰存散文》(刘凌选编)由浙江文艺出版社于是年1月出版;英汉对照本《施蛰存小说选》由中国文学出版社、外语教学与研究出版社于是年8月出版;散文集《雨的滋味》由吉林摄影出版社于是年出版;日文版《沙上的脚迹》经青野繁治译成日文,由大阪外国语大学学术出版委员会于是年2月出版。

2000年:学术论文集《北山四窗》(刘凌编)由上海文艺出版社于是年1月出版;散文选集《往事随想·施蛰存》(唐文一、刘屏主编)由四川人民出版社于是年1月出版,列入"往事随想"丛书;笔记体散文集《云间语小录》由文汇出版社于是年5月出版;作品集《施蛰存》(于润琦编选)由华夏出版社于是年出版,收入"中国现代文学名著百部"丛书;古体诗集《北山楼诗》由华东师范大学出版社于是年7月出版。

2001年:《施蛰存文集·北山散文集》(上、下册)由华东师范大学出版社于是年10月出版。

2002年:《施蛰存日记》(沈建中选编)由文汇出版社于是年1月出版。

二十四

《文艺百话》与文论的"里程碑"

(1994年)

施蛰存在1992年说:"今年体气大衰,才想到应该把我的文字生涯做个结束。找出历年保存的杂文剪报,分别编为三本文集,这是第一本。谈文学的长长短短杂文,编定104篇,取名为《文艺百话》。……对我自己来说,这是意味着一个里程碑记录。这里所收的都是关于文艺及语文的杂文。"①

---

① 施蛰存:《序引》,《文艺百话》,上海:华东师范大学出版社1994年版,第3页。

1994年　八十九岁

继续作序引、论文等,署名均为施蛰存。

1月,接受采访,文字采访稿题为《文学批评家不可没有历史观点——答葛乃福问》(《东方》杂志1994年第1期)。

4月,作《〈灯下集〉重版后记》;《文艺百话》由华东师范大学出版社于是月出版。

7月,为岳麓书社"旧译丛刊"作《〈恋爱三昧〉译序》。

9月,作《〈世界文学大师小说名作典藏本〉总序》;作论文《旧体诗中的谐趣》(《晋阳学刊》1994年第6期);作《关于"斋泥模模"》(《苏州杂志》1994年第5期);杂文《也谈〈存目丛书〉》(《光明日报》1994年9月16日)。

11月,作《〈沙上的脚迹〉序引》;为《宋元词话》交付出版作《〈宋元词话〉序引》。

12月,作《英译本〈梅雨之夕〉序言》(《文汇读书周报》1995年2月28日);主编辑录的《词籍序跋萃编》由中国社会科学出版社于本月出版。

《文艺百话》的出版,既是施蛰存为自己的"文字生涯"作的一个总结,也可谓其一生所作文艺杂文的"一个里程碑记录"。

《文艺百话》分为四组,103篇论文(按:施蛰存本人说有104篇,乃误记)。第一组是篇幅较大的文艺论文;第二组是1933年到1955年写的文艺杂文,可谓"劫后残存稿";第三组是1979年到1984年所写的杂文,1985年以后所写编为第四组。综观《文艺百话》全书,从文章写作的时间来看,可以看到一种纵向的文学思想发展轨迹,从20世纪20年代末"文学青年"初涉文坛到90年代的"体气大衰",囊括了其一生的文学道路。从文章书写的内容来看,可以看到一种横向的文学理论视域,大致可分为古代文学、外国文学、现代文学、文学理论和"说说我自己"五大类,这五大类既涵盖了施蛰存一生"文字生涯"的几个侧面,也充分体现出其一以贯之的文学思想。

在文学理论方面的文论中,施蛰存坚持"自由"、"创造",反对文学上的功利主义。他既反对"把文学作为一种政治宣传的工具",也反对"把文学当作一种专门学问",而是主张"让感情去抚触"文学,"我始终相信,要使我们的新文学成为正常的文学,要使文学成为每个人都可以亲近的东西,第一应当排除'学'的观念,或容易使人发生这种观念的趋势,到了'文'而不'学'的时候,才能有真文学"。①

古代文学方面的论文,多以考证和比较的方法,从历史和文学史发展的历程之中去探寻文学话语的原初面貌,谨严而缜密。例如,《汉乐府建置考》、《说"话本"》、《"变文"的"变"》、《小说的分类》都是关于文学体裁形式的考察,或从历史文献中考证关于"乐府"的建置,或从史学家所描述的小说分类法变迁中考察小说观念的演进,或从文学史发展演进的轨迹中考察"话本"、"变文"的形式类型,辨伪存真。《说"飞动"》和《说杜甫〈戏为六绝句〉》则是关于杜甫诗艺的探讨,从其诗歌形式来谈他的

---

① 施蛰存:《"文"而不"学"》,《文艺百话》,上海:华东师范大学出版社1994年版,第179、181页。

诗论,解释其"飞动"、"飞腾"的诗文造艺之法。

外国文学方面的论文体现出施蛰存一贯的翻译思想。即,在东方文化与西方文化的比较中,强调引进西方文学的重要意义;在西方文学译介的过程中,特别强调现代主义文学理论和创作的重要位置。例如,《西学东渐与外国文学的输入》,是施蛰存为其主编的《近代文学大系·翻译文学卷》所写的序言。文章比较了东方与西方国家的社会文化发展,强调"闭关型"的中国必须充分借鉴欧洲诸大国的产业革命、科学思想、文学文化,只有"收其所长"才能不被"侵吞"。文章同时也详细地介绍了中国文学史上小说、诗、戏剧、散文等领域内外国文学输入的历程,翻译的得失,并特别强调文学翻译这一历史任务的重要意义。《〈外国独幕剧选〉引言》分上、中、下三篇,全面概述了独幕剧的起源及其在世界各国的发展演变,并特别关注西方现代主义的文学思潮、理论主张和文学创作。"第一次大战以后,从西欧开始,产生了许多新的文艺思潮和文艺流派;立体派,印象派,未来派,表现派,超现实派,荒诞派等等。它们波及到世界各国,使各国的文艺都在不同程度上受到影响,独幕剧亦不可能遗世独立,不受冲激。"①"超现实主义的戏剧理论,存在主义的哲学思想,感召了一群新起的青年剧作家。……人们活着,是为了什么?为了什么,或不为什么,同样都是以死亡结束。……这是存在主义者萨特的理论,也是荒诞派剧作的哲学基础。……每一个国家出现的新倾向、新流派,都反映着人民的生活和思想情绪,有其社会基础。荒诞派剧已风靡于西欧,又在不同程度上影响到其他各国。"②

在《文艺百话》的《序引》中,施蛰存称自己的多部"百字辈"著作"意味着一个里程碑记录",可以把自己的"文字生涯做个结束",它们包括:

《唐诗百话》,上海古籍出版社1987年出版;

《金石百咏》,收入《北山集古录》,巴蜀出版社1989年出版;

《唐碑百选》,上海教育出版社2001年出版;

《浮生百咏》,收入《沙上的脚迹》时改题为《浮生杂

---

① 施蛰存:《〈外国独幕剧选〉引言(中)》,《文艺百话》,上海:华东师范大学出版社1994年版,第111页。
② 施蛰存:《〈外国独幕剧选〉引言(下)》,《文艺百话》,上海:华东师范大学出版社1994年版,第115、116、119页。

咏》,辽宁教育出版社 1995 出版;

《文艺百话》,华东师范大学出版社 1994 年出版。

(按:上述五本"百字辈"著作是按施蛰存在《〈文艺百话〉序引》中提及它们时的顺序排列。)

二十五

《沙上的脚迹》与过去生活的"回忆"

(1995年—2003年)

施蛰存自述:"从一九七九年开始,我恢复了笔耕生活,写了不少零星文字……现在又编好了一本关于回忆记性质的杂文集,取名《沙上的脚迹》……这是法国十九世纪文人古尔蒙的一组语录式随笔的标题,我觉得用来作为我这个集子的名目,倒也很有意思,因为它是'过去的生活'的形象化。"①

---

① 施蛰存:《序引》,《沙上的脚迹》,沈阳:辽宁教育出版社1995年版,第1—2页。

1995年　九十岁

4月,荣获亚洲华文作家文艺基金会的敬慰奖。是月13日上午,在上海作协大厅,专程来沪的亚洲华文作家文艺基金会访问团向施蛰存、柯灵、王辛笛致敬并颁发敬慰状和敬慰奖。

继续作散文、杂文,署名除北山,均为施蛰存。

3月,作《欧洲短篇小说典藏本》此文系"世界文学大师小说名作典藏本"丛书的总序,发表于《书城》1995年第2期);散文集《沙上的脚迹》由辽宁教育出版社于是月出版。

4月,作杂文《"老娘家"》(《读书》1995年第4期),署名北山。

5月,作散文《米罗的画》(《解放日报》1995年6月4日);作《忘不掉的刘大白》(《解放日报》1995年5月21日)。

7月,作杂论《我来"商榷"》(《书城》1995年7月10日);作杂论《漫谈七十年来上海的文学》(《文艺理论研究》1995年第4期),署名施蛰存、夏中义。

10月,为《施蛰存七十年文选》作自序,《施蛰存七十年文选》由上海文艺出版社于1996年4月出版。

1996年　九十一岁

继续写作散文、序言等,署名均为施蛰存。

1月,作《我的散文集》(《书城》1996年1月10日);作《〈十年创作集〉引言》、《〈玻璃垫上的风景〉序》。

2月,为华东师范大学出版社出版的《施蛰存文集》作序言。

4月,作《〈唐诗百话〉新版引言》。

6月,作散文《悼念凤子》(《文汇报》1996年6月20日);作《知堂书简三通》,收入《施蛰存全集》第二卷(《北山散文集》第一辑)。

8月,作《〈宋词经典〉前言》,《宋词经典》由上海书店出版社于1999年1月出版,署名施蛰存、陈如江主编。

9月,发表《历史的转折,时代的呼唤——〈中国近代文学大系〉出版座谈发言摘录》(《文汇报》1996年9月11

日),署名施蛰存等。

访谈录有:《施蛰存:愚园路上的智慧长者》(《中国文化报》1996年5月24日);《"四面开窗"挥彩笔,八卷文集慰暮年——访文坛大家施蛰存》(《文汇报》1996年10月9日)。

1997年 九十二岁

4月16日,获华东师范大学中国语言文学系授予的"终身成就奖"。

继续写作随笔、杂论,署名均为施蛰存。

1月,作杂论《手帕》(《羊城晚报》1997年1月7日)。

4月,作随笔《西窗短句》(《羊城晚报》1997年4月30日)。

12月,散文集《卖糖书话》由湖南人民出版社于本月出版,署名施蛰存著、刘屏编。

访谈录:金德全著《在安谧中生活与写作——春节访施蛰存先生》(《新民晚报》1997年2月10日)。

1998年　九十三岁

继续作杂论、随笔、书话,署名施蛰存。

3月,作《〈施蛰存　散文丙选〉引言》。

6月,发表杂谈《我有好几个"自己"》(《新民晚报》副刊《夜光杯》1998年6月26日)。

8月,发表杂论《秋夕》(《解放日报》副刊《朝花》1998年8月17日)。

9月,作《〈先知全书〉序》;作随笔小话《乐句与文句》,发表于《解放日报》副刊《朝花》1998年9月25日;为上海文化出版社《第一推荐丛书》作序。

10月,作《宜僚弄丸砖》一则,收入《北山谈艺录》。

11月,作书话《给路易王子讲的故事》(《万象》1998年创刊号),并附译作片断《聪明的尼姑》。

12月,为宋路霞著《百年收藏——二十世纪中国民间收藏风云录》作序,《百年收藏——二十世纪中国民间收藏风云录》由复旦大学出版社于1999年2月出版。

1999年　九十四岁

继续作随笔、杂论、序跋,署名均为施蛰存。

1月,《宋词经典》由上海书店出版社出版,署名施蛰存、陈如江主编。

2月,作杂论《边氏竹艺》(《文汇报》1999年2月12日);与陈如江合编辑录的《宋元词话》由上海书店出版社于本月出版。

3月,作随笔《松江本急就篇》(《文汇报》1999年3月7日);作《为〈红楼识小录〉题》;开始在《文汇报》副刊《笔会》上开设"北山谈艺录"专栏,为时一年。

7月,作小跋《其人如玉》、《石飒铭》、《削》、《胡小石书五言联》;为《世纪肖像》作序,发表于《新民晚报》副刊《夜光杯》1999年11月14日。

9月,作金石小跋《清帝御玺》。

10月,作《〈北山谈艺录〉叙引》。

11月,作《〈北山四窗〉序》;为《弗洛伊德在中国》一书作序,题为《弗洛伊德、〈明天〉及其它》。吴立昌著、施蛰存作序的《精神狂潮——弗洛伊德在中国》由江西高校出版社于2009年出版。

12月,《北山谈艺录》由文汇出版社于本月出版。

2000年　九十五岁

继续写作序跋、随笔,署名均为施蛰存。

1月,作《〈第一推荐丛书〉题词》;作《以健康之身迎2000年》(《新民晚报》副刊《夜光杯》2000年元旦)。

3月,作《〈云间语小录〉序引》,笔记体散文集《云间语小录》由文汇出版社于是年5月出版。施蛰存在此书的《序引》中说:"我是松江人,在松江成长,住了三十年,才迁居上海,至今六十多年了。过去的上海是松江府的一个县,现在松江却成为上海市的一个区,而上海又发展成为国际大都会,这一变化,使我很有些沧桑之感。闲来无事,写下了许多段关于松江的人物、风俗、土宜、掌故的杂记,名之曰《云间语小录》。"语小"是说这本书中所说的都是一些小事,无当大雅。"[1]

---

[1] 施蛰存:《序引》,《云间语小录》,上海:文汇出版社2000年版,第1页。

7月,作《忆雁公赠诗》、《浦江清遗墨》、《沈从文的书法》;古体诗集《北山楼诗》由华东师范大学出版社于本月出版。

9月,作《李白凤篆书》、《微昭题签》、《清阁绘〈泛雪访梅园〉》。

11月,作《〈北山谈艺录续编〉小引》。

访谈录:《作家文摘》记者张英著《施蛰存:中国新文学高峰在30年代》(《作家文摘》2000年第94期)。

2001年　九十六岁

继续写作短文、散文,署名均为施蛰存。

1月,作短文《我的三个愿望》(《文汇报》2001年1月1日);《北山谈艺录续编》由文汇出版社于是月出版。

2月,重刊散文旧作《驮马》(《语文世界》2001年第2期)。

3月,作诗歌《翠湖闲坐》发表于《新民晚报》2001年3月19日;20世纪60年代旧作残稿《云间花月志》刊于《万象》月刊第3卷第3期。是月30日,夫人陈慧华逝世,享年九十八岁。

4月1日,施蛰存忽感身体不适,入住华东医院,至4月5日出院回家。

是年,《唐碑百选》由上海教育出版社出版,署名施蛰存著、沈建中编。

2002年 九十七岁

1月,《施蛰存日记》(包括《闲寂日记》、《昭苏日记》)由文汇出版社于本月出版,署名施蛰存著、沈建中选编。

2月,获"中国资深翻译家"荣誉称号及上海翻译家协会颁发的荣誉证书。

访谈录:朱明鹤著《施蛰存:我曾经是CY一员》(《作家文摘》2002年11月19日)。

2003年 九十八岁

11月19日上午8点47分,施蛰存先生因病在上海华东医院逝世。新华社上海11月20日电(记者冯源):

"著名文学家、翻译家、教育家,华东师范大学中文系教授施蛰存 11 月 19 日上午在上海逝世,享年九十九岁。"①

施蛰存的回忆性杂文集《沙上的脚迹》于 1995 年 3 月由辽宁教育出版社出版,这些回忆性质的文字既是他自己"过去的生活"的形象化再现,也是施蛰存以其"过去的生活"给我们留下的"回忆"。当然,这些脚迹不是留在"沙"上,而是深深地铭刻在中国现代文学史、中国现代文化史上。

《沙上的脚迹》共收文章二十七篇,包括"忆事"十篇、"怀人"十三篇、"答问"四篇,另有"浮生百咏"一组。这些文章中的文字一如施蛰存的性格人品,淡泊闲适、宽容豁达、沉实无华。就在这平和质朴、清新隽永的字里行间,汩汩地流淌出云诡波谲的文学历史画卷,也静静地散落出作家自我自由心性的生命脚迹。

从"怀人"中关乎朋友的回忆可以看出,施蛰存永远真挚诚恳、心存感激,无论是对帮助过自己的人,还是反

---

① 冯源:《施蛰存先生逝世》,《人民日报》2003 年 12 月 8 日。

对过自己的人,他都怀着温情,怀着友善。对于有些人,施蛰存充满了尊重和敬意:关于鲁迅,施蛰存追述了在编辑《现代》杂志和"第三种人"论争期间的一些往事,他既尊重、敬仰鲁迅先生,也十分赞赏鲁迅的"艺术欣赏力"。关于冯雪峰,施蛰存回忆了当年他们如何接触马克思主义文艺理论并一起创办"文学工场"的往事,以充满深情的语气说:"雪峰是一个笃于友谊的人,一个能明辨是非的人,也是一个有正义感的人。……雪峰对我们始终保持友谊,也始终在回护我们,我也很感激他。"① 关于朱经农,施蛰存回忆了40年前的往事,字里行间流淌着无限的感激:"人生得一知己,可以无憾。"② 对于有些人,施蛰存以公允平和的态度坦诚地做出了客观的评价。关于沈从文,施蛰存回忆了两人之间的友情,一是1927起在上海的三四年,施蛰存编《现代》时经常向他索稿,沈从文寄来的稿子竟"是流着鼻血写的"。二是在昆明的三

---

① 施蛰存:《最后一个老朋友——冯雪峰》,《沙上的脚迹》,沈阳:辽宁教育出版社1995年版,第129—130页。
② 施蛰存:《知己之感》,《施蛰存七十年文选》,上海:上海文艺出版社1996年版,第304页。

年,沈从文成为施蛰存逛夜市、买古董的伴侣。施蛰存以"谨小慎微的'京派'文人"来界定其作品:"他的几种主要作品,有很丰富的现实性。他的文体,没有学院气,或书生气,不是语文修养的产物,而是他早年的生活经验的录音。我所钦仰的沈从文,是这样一些具有独特风格的作品的作者。……早年,为了要求民主,要求自由,要求革命而投奔北平的英俊之气,似乎已消磨了不少。从此,安于接受传统的中国文化,怯于接受西方文化。"[①]对于有些人,施蛰存的回忆文字中夹带着调侃和幽默:关于田汉,施蛰存回忆了1924年在上海大学读书时,听田汉初次登台讲课的情形:"还不老练,不敢面对学生,老是两眼望着空处,像独白似地结结巴巴讲下去。……田老师还是一个热情的浪漫主义者,他写的初期剧本,也都是浪漫主义的。他是湖南人,永远怀念着他的橙桔之乡。"[②]

---

① 施蛰存:《滇云浦雨话从文》,《沙上的脚迹》,沈阳:辽宁教育出版社1995年版,第138—139页。
② 施蛰存:《南国诗人田汉》,《沙上的脚迹》,沈阳:辽宁教育出版社1995年版,第120—121页。

从"忆事"中关乎文学的评说可以读出,施蛰存始终坚持其自由主义的文学立场。"文学上我们是自由主义。……就是自由主义文学论。我们标举的是,政治上左翼,文艺上自由主义。"①施蛰存从一种源于自由心性的豁然洒脱、淡泊超然出发,强调文学应该淡泊功利。他主张尊重文学艺术自身的内在发展规律并积极地去创新,主张努力吸收国外先进文化特别是西方现代主义的艺术营养,主张继承20世纪30年代文坛的开放、创造的优秀文学传统。"我们对国外文学的了解和吸收基本上是和他们文学发展保持同步的。……'中国本位',不能排除吸收外来文化;而吸收外来文化,也不会使中国文化变成全盘的外国文化。所以,我现在主张两个字:'续断'——继续'五四'以来那个断掉了的传统。"②

面对诸多扑面而来的"中国现代派小说的先驱"、"为中国新感觉派小说之滥觞"、"开创之功实不可没"等声

---

① 施蛰存:《为中国文坛擦亮"现代"的火花》,新加坡《联合早报》1992年8月20日。
② 施蛰存:《中外文化交融的"断"与"续"》,《人民日报》1987年6月8日。

誉,施蛰存均以一种"不以为然"或超然物外的态度实事求是地面对。他说:"三十年代外国文学传入中国比较多,我们在上海的人接受的机会也多,自然不免受到影响,这些受影响而写出来的作品就硬要叫他是新感觉派小说,我是不以为然的;如果说现代派还可以接受。盖新感觉派是从日本传来的名词,中国本身并不曾出现过日本式的作品。"①可以看到,施蛰存既反对中国文坛过去"一向有意对现代派的小说视而不见,故意忽略它的地位",也不赞成"物极必反"地"把现代派捧得太高",同时又纠正了文坛对于"新感觉派"的不科学冠名。

施蛰存在20世纪30年代曾写诗曰:"百里,千里,万里,/百年,千年,万年,/挨过了修阻的贫辛行旅/与悠久的艰难的岁月,/昔日的可怜人,将在这里/觅取灵魂之息壤吗?"②这种觅取自由的"灵魂之息壤"的"贫辛行旅",便可谓是施蛰存一生的脚迹吧!

施蛰存的心性是自由淡泊的,他一生的"脚迹"也都

---

① 施蛰存:《中国现代主义的曙光》,台湾《联合文学》1990年第6卷第9期。
② 施蛰存:《秋夜之檐溜》,《现代》第2卷第1期(1932年11月)。

是在追求自由的道路上寻觅着的,正如钱谷融在贺施蛰存先生一百岁诞辰时说:"他的自由主义是彻头彻尾、彻里彻外的,他是用自由主义的眼光观察、衡量一切的。他重性情,讲趣味,热爱和追求一切美的东西。他对待生活,就像对待艺术一样,随时随地都在追求生活中的趣味、生活中的美。他不能忍受平凡、沉闷的生活,厌恶一切平庸的人和事,即使在最无可奈何的日子里,他也要在生活中寻找亮色,或者制造一些使心灵得以稍事舒息的笑乐。"[1]

---

[1] 钱谷融:《我的祝贺》,《庆祝施蛰存教授百岁华诞文集》,上海:华东师范大学出版社2003年版。

后记

写施蛰存年谱，是一件十分愉快的事情。因为，多年来一直敬仰施蛰存并关注着施蛰存研究。但如何写这年谱，却颇费踌躇。

百端矛盾的交集，决定以"文学著译"为坐标，来统领其一生，从而更突出地呈现其文学道路上的著作、译著及杂志编辑等较为重要的文学事件或文学活动，让读者更清晰地领略、更深刻地认知施蛰存的文学贡献，故题名为"文学著译年谱"。

但是，即使在"文学著译"的坐标下，梳理施蛰存近百年的文学足迹，仍然感觉有诸多的线索纷繁杂乱、不容易理清。常常，作为一级目录的"文学著译"与其在二级目录中所呈现的具体时间很难准确地契合在一起。或者，施蛰存人生脚迹中的一些重要活动、重要著述不可能都准确地定位在某一个具体的历史年份之内;或者,施蛰存所写作的文学作品、所参与的文学活动、所主编的期刊贯穿于多个年代;或者,一个年代之中发生了几件需要重点陈述的事件,或出现了几部重要著作,等等。

这样一来,在此书中,无论是二十五章的具体划分,还是"文学著译"的事件坐标与其发生的年代时间之间的关系,就显示出很大的随意性。于是,作为一级目录的"文学著译"主要发挥一种提纲挈领的作用,同时作为一级目录的标题与作为二级目录的时间两者之间的关系也就相对地模糊一些、宽泛一些了。

第一,以"文学著译"方面的重要事件为坐标,来组合施蛰存一生文学活动的脚迹,既凸显其文学成就,也使年谱的编写尽量地避免平面化、零散化、孤立化。诸如:第一章松江记忆与"文学事业之始"(1905年—1925年),由于童年和青少年时代的施蛰存文学活动较少,便以五四运动为立足点,介绍20世纪20年代初的文坛如何孕育了其一生的文学情怀;第十六章金石碑版与"北窗"的兴趣(1962年—1977年),从1962年开始编撰《诸史征碑录》《北山楼碑跋》,到1977年完成《唐碑百选》,约有几十种相关著作,这是施蛰存从事金石碑版等古代文物研究的重要时期,便在此阶段集中概述了其一生在此领域的主要成就;第二十二章《戴望舒诗全编》与亲密朋友的"职责"(1989年),选择了施蛰存编辑了《戴望舒诗全编》的出版时间1989年,以此回顾施蛰存与戴望舒之间的终生友谊,及施蛰存为扶持诗人戴望舒所作的许多不可或缺的重要贡献;第二十三章"杰出贡献奖"与旧作的"百废俱兴"(1990年—1993年),集中叙述20世纪80年代以后施蛰存各类著述的再版重印,并以1993年施蛰存荣获上海市第二届文学艺术奖最高奖项"杰出贡献奖"为标志。

第二,在以"文学著译"为坐标的视域下,"文学著译"方面的事件或活动成为突出的重要角色,时间标志成为其隶属性的因素。这样一来,作为一级目录的"文学著译"与作为二级目录的具体时间之间的关系就不一定是唯一的单项选择了,如果某一年代发生的事情比较多,此年代时间也会重复出现。例如,施蛰存创刊主编《璎珞》、《文学工场》、《无轨列车》、《新文艺》四个杂志,及第一线书店、水沫书店、东华书店三个书店等文学活动集中于1926年至1930年间,便把第二章的题目定为"三个书店"与"科学的艺术论丛书"(1926年—1929年),主要谈其早期的文学编辑活动,而第三章就主要谈其创作,即《上元灯》与"第一本"小说创作(1929年)。再如,施蛰存主编《现代》杂志的时间是1932年至1934年间,施蛰存与鲁迅之间关于《庄子》与《文选》论争的时间是1933年,施蛰存心理分析小说的两部代表作《梅雨之夕》与《善女人行品》的初版时间也是1933年,在此时间范围中交叉出现了三章,即:第五章《现代》杂志与"现代派"(1932年—1934年),第六章"文艺上自由主义"与"洋场恶少"(1933年),第七章《梅雨之夕》、《善女人行品》与"中国现代小说的先驱"(1933年)。

第三,在"文学著译"坐标的视域下,既需要时间因素服从于"文学著译",又需要"文学著译"方面的事件或活动依据其发生的具体时间而存在。于是,作为一部以编年体裁记载人物生平事迹的年谱,其"文学著译"的立足点便大多选择其发生的具体时间。如果作为一级目录的文学事件贯穿于多个年代,对于这些比较重要的文学事

件,也会从其发生的具体时间出发在多个章节中分别进行概述。例如:

关于"西窗"方面的外国文学作品译介,是贯穿施蛰存一生的文学活动,它大致分为三个历史阶段。第一个阶段是从20世纪20年代末至40年代初期,侧重于介绍意象派诗歌和施尼茨勒的心理分析小说,表现出较浓的现代主义文学倾向,便以施尼茨勒《妇心三部曲》的出版为标志,把时间定位在1941年,并在此章中概述了这一阶段的外国文学译介工作,即第十一章《妇心三部曲》与施尼茨勒作品的译介(1941年)。第二个阶段是20世纪40年代后期至建国初期,主要侧重于苏联及东欧一些弱小民族文学的介绍,即第十四章"西窗"与西学东渐的努力(1948年—1956年)。第三个阶段是改革开放后,从1981年到1992年间,陆续编辑出版了《外国独幕剧选》(共六集)、《中国近代文学大系·翻译文学集》(共三集),并在2002年获上海翻译家协会授予的"中国资深翻译家"荣誉称号,即第十九章"更生"与资深翻译家(1982年—1985年)。

关于《词学》,从1981年11月创刊到2000年4月,施蛰存共主编十二辑。其间,各辑的出版时间、施蛰存的编辑工作及其发表的文章,包括施蛰存在词学领域的相关研究成果,都集中在《词学》创刊的1981年进行概述,即第十八章《词学》的"继往开来"(1981年)。其中,统一概述了施蛰存的《宋元词话》、《词籍序跋萃编》等词学类相关著述,待到1981年后《词学》各辑陆续发行的具体时间、施蛰存相关词学著述出版的具体时间,就不再显现该方面的内容了。

关于《唐诗百话》,以《唐诗百话》初版的时间1987年为立足点,涵盖了其"东窗"内古典文学方面的成就,即二十一章《唐诗百话》与"东窗"的研究(1987年—1988年)。当然,施蛰存《唐诗百话》的写作及"东窗"领域的古典文学研究并不局限于1987年到1988年间。

第四,在"文学著译"坐标的视域下,为了更清晰地梳理、凸显施蛰存"文学著译"方面的成就,对于施蛰存各种著作、译作的再版情况,只在其原著初版的第一时间中显现,至于其再版、重印的情况,则分别隶属于其不同的"文学著译"事件或活动的坐标视域下。

关于施蛰存著述中各类旧作的再版、重印的情况,在

第二十三章"杰出贡献奖"与旧作的"百废俱兴"(1990年—1993年)中做了集中统计。新时期以来,在全国文艺界全面"复兴"的局势下,施蛰存的各种旧作与此同步出现了一种"百废俱兴"的形势。1993年施蛰存荣获上海市第二届文学艺术奖最高奖项"杰出贡献奖",于是便把新时期以来主要是1986年到2002年间陆续出版、再版、重印的小说、散文及文论等许多著述,都放到了1990年到1993年这一历史时段内进行统一计算,而在其他的年代时间中就不再分别列举再版、重印的著作,只有第一次出版的著作仍然隶属于其初版的年代时间内。

第五,从"文学著译"的视域出发,提及或引用了一些访谈录。因为访谈录不同于一般的研究性评介性文章,它不仅体现了访谈者或研究者的思想观点,更重要的是它蕴含着施蛰存自己的言论或思想。

第六,当然,无论从哪一个角度来解释,这部《施蛰存文学著译年谱》都不可避免地存在着各种各样的疏忽、遗漏乃至谬误,欢迎大家的批评指正。

1996年,我去拜访施蛰存,曾向老人家表示想收集关于施蛰存研究方面的资料,想写施蛰存传。施蛰存说,不要写什么"传","写'论'比较好,最好还是写'史'"。①或许,这部粗疏的《施蛰存文学著译年谱》,姑且可以当作一种简略的"施蛰存论"罢。

赵凌河

2014 年 5 月 13 日作

2017 年 4 月修订

---

① 赵凌河:《施蛰存访问记》,陈子善编《夏日最后一朵玫瑰——记忆施蛰存》,上海书店出版社 2008 年版,第 210 页。

图书在版编目(CIP)数据

施蛰存文学著译年谱/赵凌河著.—上海:华东师范大学出版社,2017
(当代著名作家及学者年谱系列)
ISBN 978-7-5675-7271-3

Ⅰ.①施… Ⅱ.①赵… Ⅲ.①施蛰存(1905-2003)-文学研究-年谱 Ⅳ.①I206.7

中国版本图书馆CIP数据核字(2017)第313897号

本书系上海文化发展基金会图书出版专项基金资助项目

当代著名作家及学者年谱系列
施蛰存文学著译年谱

主　　编	林建法	出版发行	华东师范大学出版社
著　　者	赵凌河	社　　址	上海市中山北路3663号
策划编辑	王　焰	邮　　编	200062
项目编辑	朱华华　唐　铭	网　　址	www.ecnupress.com.cn
审读编辑	唐　铭	电　　话	021-60821666
责任校对	王丽平	行政传真	021-62572105
装帧设计	卢晓红	客服电话	021-62865537
		门市(邮购)电话	021-62869887
印刷者	常熟市文化印刷有限公司	地　　址	上海市中山北路3663号华东师范大学校内先锋路口
开　　本	787×1092　32开		
印　　张	12	网　　店	http://hdsdcbs.tmall.com
插　　页	6		
字　　数	162千字		
版　　次	2018年6月第1版		
印　　次	2018年6月第1次		
书　　号	ISBN 978-7-5675-7271-3/I·1844		
定　　价	48.00元		
出版人	王　焰		

(如发现本版图书有印订质量问题,请寄回本社客服中心调换或电话021-62865537联系)